GW01402916

Geboren in Dunkelheit: Ein Vampir-Roman voller düsterer Geheimnisse, Verrat und Leidenschaft

Helena Falk

Published by Helena Falk, 2024.

GEBOREN IN DUNKELHEIT: EIN VAMPIR-ROMAN VOLLER DÜSTERER GEHEIMNISSE, VERRAT UND LEIDENSCHAFT

First edition. November 3, 2024.

ISBN: 979-8227481597

Written by Helena Falk.

Prolog

Die Stadt glitzerte in der Ferne wie ein schlafender Drache, ruhig und doch voller bedrohlicher Geheimnisse. Hoch über San Francisco, auf einem verlassenen Felsen am Rand der Steilküste, stand Adam. Das kalte Meer lag wie eine endlose schwarze Leere unter ihm, und das Mondlicht brach sich in seinen Augen wie ein Schimmer längst vergangener Zeiten.

Er hatte sich stets als unverwundbar betrachtet, einen Krieger, den selbst die Ewigkeit nicht bezwingen konnte. Doch nun, nach Jahrhunderten voller Jagd, Lust und Macht, lag die Erschöpfung schwer auf ihm. Gedanken an das Ende, etwas, was für Vampire unerreichbar war, hatten sich leise, beinahe verführerisch, in seinen Geist geschlichen. Der silberne Revolver in seiner Hand fühlte sich an wie eine Erlösung, ein verheißungsvoller letzter Liebesakt zwischen ihm und der Dunkelheit.

Er drückte den kalten Lauf an seine Schläfe und schloss die Augen. Nur ein Schuss – das wäre es gewesen. Ein finaler Schlag gegen die Unsterblichkeit.

Aber dann kam sie in seinen Gedanken – Eva.

Evas Bild war immer noch so klar und scharf, dass es beinahe schmerzte. Ihr leises Lächeln, das eine Mischung aus Arroganz und Weisheit in sich trug, ihre grünleuchtenden Augen, die ihn einst verflucht und befreit hatten. Sie war die einzige, die ihn jemals verstanden hatte. Und vielleicht die einzige, die wusste, wie tief er gefallen war.

1

Ein leises Geräusch ließ ihn innehalten. Schritte, die durch die Nacht hallten – sicher, langsam und doch voller Dringlichkeit. „Adam." Eine Stimme, die ihm durch die Knochen schnitt wie die schärfste Klinge. Eva stand nur wenige Meter entfernt, in einem dunklen Mantel gehüllt, der die Kälte der Nacht aufzusaugen schien.

„Du bist also tatsächlich gekommen", sagte er, ohne sich umzudrehen, und ließ die Waffe sinken.

„Hast du wirklich geglaubt, ich lasse dich so leicht davonkommen?" Ihre Stimme war ruhig, aber ein Hauch von Sorge vibrierte darunter, fast so, als wäre sie tatsächlich ... verletzt. Doch das war eine Illusion, wie so vieles in ihrer gemeinsamen Geschichte.

Adam drehte sich langsam zu ihr um. „Eines Tages wirst auch du aufhören, mich zu verfolgen, Eva."

Sie schnaubte leise, ihre Augen blitzten kalt. „Vielleicht ... aber heute ist nicht dieser Tag." Sie kam näher, und der Wind trug den feinen Duft ihres Parfums zu ihm, ein Hauch von Pariser Nachtleben und verführerischer Eleganz. „Ich dachte, du wärst klüger als das, Adam."

Er hob die Augenbrauen, ließ ein müdes Lächeln auf seinen Lippen spielen. „Das sagst du? Die Frau, die mich vor Jahrhunderten verlassen hat, weil sie glaubte, es gäbe noch mehr im Leben als..."

„Dich?" Sie lächelte spöttisch, trat noch näher und hob die Hand, um den Revolver in seiner Hand zu fixieren. „Da liegt der Unterschied zwischen uns. Ich habe das Leben gesucht, während du dich immer nur vor ihm versteckt hast."

Sein Lächeln verblasste, und für einen Moment standen sie nur da, starrten einander an, als würde eine unüberwindbare Schlucht zwischen ihnen klaffen. Ein langer Moment des Schweigens folgte, und die alte Wunde zwischen ihnen, die nie ganz verheilt war, begann erneut zu brennen.

„Und was gedenkst du zu tun?" Seine Stimme war schneidend, voller Ironie und bitterer Neugierde. „Willst du mich davon abhalten? Oder bist du gekommen, um Zeugin zu sein?"

Sie legte den Kopf leicht zur Seite, ein Ausdruck von Überlegenheit und Mitleid in ihren Augen. „Vielleicht beides. Vielleicht auch keines von beidem." Sie schritt um ihn herum, langsam, fast wie eine Raubkatze, die ihre Beute einschätzte. „Aber ich denke, du bist viel zu feige, um dir das Leben zu nehmen, Adam."

Ihre Worte schnitten tiefer, als sie es wohl beabsichtigt hatte. In ihm regte sich eine alte Wut, ein Funke, der tief vergraben schien. „Das sagst du? Ausgerechnet du?"

„Ja, ich. Denn ich kenne dich besser als jeder andere", erwiderte sie kühl, und für einen kurzen Moment sah er in ihren Augen mehr als nur Arroganz. Da war ein Schimmer von etwas Anderem – Schmerz, vielleicht, oder Reue. „Und ich weiß, dass du niemals aufgibst, Adam. Nicht wirklich."

Er lachte leise, ein dunkles, verbittertes Lachen. „Wie pathetisch das klingt. Die Frau, die mich verlassen hat, glaubt an mich. Vielleicht hätte ich tatsächlich einfach verschwinden sollen, bevor du wieder in meinem Leben aufgetaucht bist."

Doch anstatt auf seine Spitze einzugehen, lächelte sie nur schwach. „Vielleicht hättest du das tun sollen. Aber jetzt bin ich hier. Also – was ist dein nächster Schritt? Willst du mich wieder vertreiben? Oder hast du es endlich gelernt, mich an deiner Seite zu dulden?"

Adam schwieg, seine Augen glitten über ihr Gesicht, das ihm vertrauter war als jedes andere. Eine Million Erinnerungen schienen in diesem einen Blick zu liegen, als die Stille der Nacht sich um sie schloss. Und tief in ihm, unter all der Dunkelheit und Bitterkeit, flackerte ein winziger Funke auf. Ein Funke, der weder Tod noch Verzweiflung kannte – sondern nur das brennende Verlangen, das zwischen ihnen nie erloschen war.

„Bleib", murmelte er schließlich, fast widerwillig.

Ein spöttisches Lächeln erschien auf ihren Lippen, aber auch Erleichterung schimmerte darin. „Ich habe nicht vor zu gehen."

So standen sie da, die beiden unsterblichen Seelen, gefangen in einem Netz aus Vergangenheit und unerfüllten Versprechen. Der Wind wehte sanft durch die Nacht, als der Horizont in der Ferne den ersten Hauch von Morgen erahnen ließ – ein neues Kapitel, dunkel und verheißungsvoll.

Kapitel 1

Eva trat an den Rand des Felsens, nur einen Schritt von Adam entfernt. Sie spürte die Leere des Abgrunds unter sich, das Dröhnen der Wellen, die gegen die Klippen schlugen. Ihre Präsenz war wie ein Sturm in der ruhigen Dunkelheit, eine Herausforderung an das, was in ihm verblieben war. Adam sah zu, wie sie in den Abgrund starrte – und dann, fast beiläufig, zu ihm aufsah, als wäre das alles nur ein Spiel.

„Ich hätte nicht gedacht, dass der große Adam Voss eines Tages auf einer Klippe in San Francisco steht und überlegt, ob er sich aus der Ewigkeit verabschieden sollte," sagte sie trocken. Ihr Blick glitt zu dem Revolver in seiner Hand, und ein ironisches Lächeln umspielte ihre Lippen. „Eine Silberkugel? Ein wenig melodramatisch, findest du nicht?"

Adam schnaubte verächtlich, aber ein flüchtiges Amüsement blitzte in seinen grauen Augen auf. „Sagt die Frau, die in den letzten 300 Jahren drei verschiedene Selbsthilfegruppen gegründet hat, um dem ‚Sinn des Lebens' näher zu kommen."

Eva legte eine Hand auf ihre Brust, als hätte er sie beleidigt. „Bitte, die letzte Gruppe war eine gemeinnützige Stiftung für verlorene Seelen. Es gibt einen Unterschied." Sie trat noch näher an ihn heran, ihre kühlen Finger strichen kurz über seinen Arm, gerade lange genug, um ihm einen Schauer über den Rücken zu jagen. „Außerdem – glaubst du wirklich, dass dich irgendetwas hier erlösen könnte, Adam? Das ist erbärmlich. Selbst für dich."

Adam trat einen Schritt zurück, die Kälte und Schärfe ihrer Worte durchbohrten ihn. „Ich war es leid, auf dich zu warten," erwiderte er leise, sein Tonfall schneidend. „Jahrhunderte sind vergangen, Eva, und doch tauchst du hier auf, als wäre nichts geschehen. Was willst du?" Evas Blick wurde kurz weicher, aber sie versteckte es sofort hinter einem sarkastischen Lächeln. „Oh, du weißt, wie ich bin. Wenn jemand versucht, den einfachen Ausweg zu nehmen, bin ich immer die Erste, die das Drama stört. Du würdest ohne mich langweilig sterben."

„Wenn du glaubst, dass mich dein kleiner Auftritt heute Nacht von irgendetwas abhalten wird, bist du törichter, als ich dachte."

„Ich bin töricht, weil ich an dich glaube," erwiderte Eva, die kühle Ruhe ihrer Stimme wich für einen Moment etwas tieferem. „Adam, wir haben Dinge erlebt, die andere nicht einmal in ihren wildesten Albträumen sehen. Und jetzt, nach all dem, willst du einfach verschwinden? Ein Selbstmord ohne Zeugen – das passt nicht zu dir."

Sein Lächeln verblasste, und ein Schatten legte sich über seine Züge. „Vielleicht ist das der Punkt. Ich will nicht mehr der alte Adam sein, der nach Bedeutung sucht, die in einer Ewigkeit ohne Ende liegt. Vielleicht ist es die Bedeutungslosigkeit, die mich müde macht, Eva."

Eva warf ihm einen langen Blick zu, als wollte sie die Tiefen seines Leids ausloten. Dann seufzte sie, ein fast unmerkliches Zittern, das für sie ungewöhnlich war. „Weißt du was, Adam? Es wäre einfacher, dich zu vergessen, wenn du nicht ständig diese dramatischen Reden schwingen würdest. Aber du hast recht – ich bin töricht. Und wenn ich dich von etwas abhalten kann, dann ist es dieser romantische Unsinn vom glorreichen Ende."

Sie wandte sich von ihm ab und betrachtete das glitzernde Panorama der Stadt, die Lichter, die wie Sterne unter ihnen funkelten. „Da unten ist das Leben, Adam. Hast du nicht immer gesagt, dass wir in der Dunkelheit leben, um das Licht zu beobachten?"

Adam schüttelte den Kopf, aber ein kleines Lächeln spielte um seine Lippen. „Und ich dachte, du hättest aufgehört, diese sentimentalen Dinge zu sagen."

Eva sah ihn an, ihre Augen funkelten im Mondlicht. „Vielleicht habe ich dich unterschätzt. Vielleicht habe ich dich verlassen, weil ich dachte, ich könnte etwas finden, das über uns hinausgeht. Aber ich habe mich geirrt." Ihre Stimme brach, kaum hörbar, und Adam spürte, wie seine eigene Entschlossenheit, alles zu beenden, ins Wanken geriet.

„Was ... was hast du wirklich hier verloren, Eva?" fragte er, seine Stimme war leise, doch die Frage lag schwer zwischen ihnen.

Eva schwieg eine Weile, bevor sie ihm antwortete. „Dich," sagte sie schließlich, beinahe unhörbar. „Ich habe dich verloren."

Adam spürte, wie etwas in ihm aufbrach – ein Schmerz, den er lange unterdrückt hatte. Und er wusste, dass er sich wieder in dem Bann ihrer Worte verfangen würde, in dem Netz, das sie beide so kunstvoll gesponnen hatten.

„Wenn ich dich überreden könnte zu bleiben ... was würdest du tun, Adam?" fragte Eva leise und trat einen Schritt zurück, die Dunkelheit um sie herum schien sie zu verschlucken.

Adam senkte die Waffe.

Kapitel 2

Adams Finger strich über den Abzug, und für einen Moment lang schien die Welt stillzustehen. Evas Frage hing zwischen ihnen, wie ein Gewicht, das die Leere unter ihnen noch greifbarer machte. Was würde er tun, wenn er blieb? Blieb, um was? Für wen? Die Antwort kannte er selbst nicht, und doch schien ihr Blick wie ein Licht in seinem Nebel.

Er schloss die Augen, das Mondlicht ließ den silbernen Lauf in seiner Hand glitzern, doch langsam – sehr langsam – ließ er den Revolver sinken. „Was macht es für einen Unterschied, Eva? Ob ich gehe oder bleibe. Irgendwann gehen wir alle. Es ist nur eine Frage der Zeit."

Sie musterte ihn, zog skeptisch eine Augenbraue hoch. „Seit wann interessiert dich Zeit? Die Ewigkeit macht dir wohl doch mehr zu schaffen, als du zugibst." Ihre Lippen zuckten spöttisch. „Du, der Mann, der sich einst als Meister des Universums gefühlt hat, von nichts und niemandem kontrolliert, und jetzt jammerst du über den Fluch der Unsterblichkeit?"

„Ich jammere nicht", knurrte Adam zurück und steckte den Revolver mit einer beinahe widerwilligen Bewegung in seine Jacke. „Ich beschwere mich. Es ist ein Unterschied."

„Ach, sicher, wie konnte ich das übersehen? Der stolze Adam, der auf alles herabsieht, sogar auf seine eigenen Emotionen." Sie lachte leise, doch da war eine Wärme in ihrem Blick, die den Spott linderte. „Weißt du, Adam, ich habe mir oft vorgestellt, wie es wäre, dich wiederzusehen. Und dabei habe ich dich mir nicht so erbärmlich vorgestellt."

„Erbärmlich?" Seine Augen blitzten auf, eine Spur des alten Feuers schimmerte darunter. „Die Frau, die mich verlassen hat, kommt zurück, um mir Vorträge zu halten? Das ist fast schon ... komisch, findest du nicht?"

Eva trat einen Schritt näher, bis sie so dicht vor ihm stand, dass er ihren Atem auf seiner Haut spüren konnte. „Ja, komisch, in der Tat. Aber weißt du was?" Sie legte eine Hand auf seine Brust, genau an die Stelle, wo einst sein Herz schlug. „Es ist auch tragisch. Weil ich weiß, dass du dich lieber selbst zerstören würdest, als irgendjemandem zu zeigen, dass du leidest."

Adam nahm ihre Hand von seiner Brust, hielt sie einen Moment lang fest und ließ sie dann los, als würde er etwas Brennendes berühren. „Du kennst mich nicht mehr, Eva. Das ist der Punkt. Du weißt nicht, wer ich geworden bin." Seine Stimme war rau, seine Augen hart.

Sie lächelte schwach, als ob sie genau das erwartet hätte. „Ach, ich kenne dich besser, als du glaubst. Das ist das Problem mit uns, Adam. Wir haben uns vielleicht verändert, aber wir bleiben immer noch dieselben. Du versuchst, dich hinter deiner Arroganz zu verstecken, und ich –" Sie brach ab, sah kurz weg, als ob sie mit ihren eigenen Dämonen rang. „Ich kann einfach nicht aufhören, dir zu helfen. Selbst wenn es mir weh tut."

Er atmete schwer, und für einen Moment fiel die Maske, die er so sorgfältig aufgebaut hatte. „Warum bist du wirklich hier, Eva? Willst du mir helfen, oder willst du mich nur daran erinnern, dass ich verloren bin?"

Ein Schatten glitt über ihr Gesicht, und dann sah sie ihn an, ihre Augen kühl und doch voller unausgesprochener Worte. „Weil du es nicht verdient hast, allein zu sein. Weil ... weil ich dich nicht allein lassen kann. Nicht in diesem Zustand." Sie hob das Kinn, und ihr Lächeln hatte plötzlich wieder diese altbekannte Arroganz. „Also – ich werde dich retten, ob du willst oder nicht."

Adam lachte hart, ein bitteres, fast verächtliches Lachen. „Natürlich. Die große Eva Deveraux, Retterin der verlorenen Seelen. Na, dann viel Spaß dabei."

Plötzlich griff sie nach seinem Arm, ihre Finger gruben sich fest in seinen Ärmel. „Denkst du, ich mache das zum Spaß? Glaubst du, ich wäre hier, weil mir nichts Besseres einfällt?" Ihre Augen blitzten, und ihre Stimme war scharf wie ein Messer. „Ich bin hier, weil ich dich kenne, Adam. Weil ich weiß, dass du kurz davor bist, etwas zu tun, was du nicht rückgängig machen kannst. Und weil ich es nicht ertragen kann, dich zu verlieren."

Seine Augen weiteten sich, und für einen Moment verschwand sein gewohntes, kühles Lächeln. Ihre Worte trafen ihn härter, als er zugeben wollte. „Du lügst", murmelte er, als ob er sich selbst davon überzeugen wollte.

Sie schüttelte den Kopf, und ein trauriges Lächeln legte sich auf ihre Lippen. „Glaub, was du willst. Aber ich werde nicht gehen. Nicht dieses Mal."

Langsam löste sie sich von ihm, drehte sich um und ging auf die Stadt zu, die sich unter ihnen ausbreitete. Ihr Blick war auf die leuchtenden Lichter von San Francisco gerichtet, aber ihre Gedanken waren woanders – bei den Jahren, die sie beide getrennt verbracht hatten, und bei dem, was sie nie ausgesprochen hatten.

„Also, was ist der Plan, Madame Retterin?" fragte Adam schließlich, seine Stimme voller Spott, aber auch einer leisen Verzweiflung.

„Wir beginnen damit, dass du nicht mehr in den Abgrund starrst, als würdest du ihn lieben." Sie warf ihm einen strengen Blick zu und trat näher an ihn heran. „Und dann, Adam, erinnerst du dich daran, dass das Leben – oder was auch immer wir haben – nicht nur aus Dunkelheit besteht. Vielleicht solltest du die Welt da unten mal wieder sehen, ohne dich dabei selbst zu hassen."

„Und was dann?" Seine Stimme war leise, fast verletzlich, als hätte er all seine Kraft aufgebracht, um diese Worte auszusprechen.

Eva betrachtete ihn einen Moment lang, und dann, ohne Vorwarnung, lehnte sie sich nach vorne und legte ihre Lippen auf seine Stirn. Ein Kuss, sanft und voller Wärme, wie eine Berührung, die tief in seine Haut drang und etwas in ihm auslöschte, das lange Zeit verborgen geblieben war. Als sie sich zurückzog, sah sie ihn lange an, ihre Augen durchdringend, voller Geheimnisse und unerfüllter Versprechen.

„Dann, Adam, wirst du sehen, dass ich die einzige bin, die dich retten kann."

Er starrte sie an, unfähig, ein Wort zu sagen, die Kälte seiner Maske war wie weggeblasen. Und für einen Moment, einen kurzen, kostbaren Moment, fühlte er sich lebendig.

„Verdammt, Eva", murmelte er schließlich, als ein schwaches Lächeln seine Lippen umspielte. „Du weißt, wie man einen Abend ruiniert."

Sie lachte leise, und dann, fast beiläufig, legte sie ihre Hand in seine. „Komm, Adam. Vielleicht gibt es noch eine Chance für uns beide. Vielleicht."

Und so, Hand in Hand, traten sie zurück in die Dunkelheit der Nacht, zwei verlorene Seelen, die sich im Strudel des Schicksals wiedergefunden hatten, ohne zu wissen, wohin der Weg sie führen würde – und ohne zu wissen, dass dies nur der Anfang von etwas viel Größerem war.

Kapitel 3

Eva und Adam liefen schweigend die enge Straße entlang, die hinunter in die Stadt führte. Die Nacht hüllte sie ein, und die kühle Luft war erfüllt vom fernen Lachen und den flüchtigen Geräuschen des nächtlichen San Francisco. Adam hielt immer noch Evas Hand, fast so, als könnte sie ihn mit ihrer bloßen Berührung aus seinem inneren Abgrund ziehen.

Plötzlich zog Eva ihre Hand zurück, verschränkte die Arme und musterte ihn herausfordernd. „Sag mal, Adam, was war eigentlich der große Plan, nachdem du die Kugel abgedrückt hättest? Wolltest du dich dann einfach auflösen und in einer Rauchwolke verschwinden? Sehr stilvoll, wirklich."

Adam ließ ein trockenes Lachen ertönen. „Ach, vielleicht hätte ich einfach einen theatralischen Abschied inszeniert, ein paar dramatische Worte an den Wind gehaucht. Wäre das nicht angemessen gewesen?" Sein Tonfall war voll gespielter Ernsthaftigkeit, und er bemerkte, wie Eva schnaubte, das ironische Lächeln, das ihre Lippen umspielte, verriet ihre amüsierte Skepsis.

„Ich hoffe, du wolltest das Ganze wenigstens mit einem literarischen Zitat abrunden. ‚Die Ewigkeit endet hier' oder so etwas."

Adam schüttelte den Kopf, sein Blick verengte sich zu einem belustigten Schimmer. „Und du glaubst, das hätte dir gefallen? Eine nette Anekdote für deine Pariser Freunde? ‚Mein Ex-Mann, der melodramatische Romantiker, fand schließlich sein tragisches Ende in einem Klischee'?"

„Oh, Adam, du weißt, dass du für mich viel mehr als ein Klischee bist." Sie sagte das mit einem Augenzwinkern, und für einen Moment waren die alten Zankereien und das vertraute Spiel zurück – dieses ständige Herausfordern und Widersprechen, das ihre Beziehung einst so aufregend und so explosiv gemacht hatte.

„Ach, wie beruhigend", erwiderte Adam, seine Stimme triefte vor Ironie. „Dann also keine Tragödie in Paris für dich?"

„Bitte! Wie ich die ganze Stadt kenne, wären sie eher enttäuscht gewesen, dass du keinen dramatischen Monolog gehalten hast, bevor du abdrückst."

„Gut zu wissen, dass mein vermeintlicher Tod dich wenigstens unterhalten hätte." Er hielt inne und trat näher an sie heran. „Sag mir, Eva, wenn du schon den weiten Weg von Paris hierher auf dich genommen hast – was wäre dein Plan gewesen, wenn ich tatsächlich ... sagen wir ... nicht mehr zur Verfügung gestanden hätte?"

Sie zuckte die Schultern, als ob sie über diese Möglichkeit nie wirklich nachgedacht hätte. „Vielleicht hätte ich ein paar Kerzen aufgestellt, eine Träne vergossen, dich als mein tragisch verlorenes Meisterwerk bezeichnet. Oder, wahrscheinlicher, hätte ich deinen Namen genutzt, um die nächste Herbstkollektion zu promoten."

„Deverauxs ‚Fall of the Immortal' – ich sehe die Schlagzeilen schon vor mir."

„Wundervoll, nicht wahr? Ein Symbol für dunkle Eleganz. Aber ich schätze, jetzt müssen wir eine Alternative finden, seit du mir den Selbstmord versaut hast."

Er blieb stehen, sein Blick ruhte fest auf ihr. Die Ironie wich langsam einer plötzlichen, stillen Ernsthaftigkeit, die sie beide für einen Moment verstummen ließ. „Und was jetzt, Eva? Du kannst nicht ewig bleiben, nur um mich von einer Klippe fernzuhalten."

„Oh, da täuschst du dich", erwiderte sie mit einem geheimnisvollen Lächeln. „Ich habe vor, dich die nächsten Monate, vielleicht Jahre, zu überwachen. Du bist mein neues Projekt, Adam."

„Ein Projekt?" Er hob eine Augenbraue und sah sie herausfordernd an. „Was genau hast du mit mir vor? Mich zu einem ... zu einem besseren Mann machen?"

Sie lachte leise. „Adam, jeder weiß, dass es hoffnungslos ist, dich zu einem besseren Mann zu machen. Das wäre reine Zeitverschwendung." Dann musterte sie ihn, die Augen plötzlich ernst und voller Bedeutung. „Aber vielleicht ... nur vielleicht ... könnten wir gemeinsam etwas Neues finden. Eine Art Neuanfang. Für dich und ... für uns beide."

Ihre Worte hingen in der Luft, und Adam spürte, wie etwas in ihm erwachte – etwas, das er lange Zeit begraben hatte. Der Gedanke an einen Neuanfang klang beinahe wie ein ferner Traum. Doch Träume waren für Wesen wie ihn gefährlich. Zu gefährlich.

„Du bist wirklich überzeugt, dass es für uns noch eine Zukunft gibt?" Seine Stimme klang rau, fast heiser, als ob ihm die Worte schwer über die Lippen kamen.

Eva lächelte, und zum ersten Mal seit langer Zeit war es ein weiches, warmes Lächeln. „Vielleicht nicht ‚die' Zukunft, die wir uns früher vorgestellt haben. Aber etwas Neues. Etwas, das weder du noch ich je gesehen haben."

In diesem Moment wurden sie von einem leisen, aber scharfen Lachen unterbrochen. Aus den Schatten einer nahegelegenen Gasse trat eine dritte Gestalt heraus – eine schlanke Frau mit feuerrotem Haar und einem Blick, der vor Belustigung funkelte. Agnes.

„Oh, wie entzückend", rief sie spöttisch, die Arme lässig verschränkt. „Die ewigen Liebenden. Ich habe fast Tränen in den Augen."

Adam spürte, wie sein Kiefer sich anspannte, und sein Blick wurde finster. „Agnes. Was zur Hölle machst du hier?"

„Ich? Ich dachte, ich würde meine lieben alten Freunde besuchen." Sie kam näher und warf Eva einen wissenden Blick zu. „Vor allem dich, Eva. Es ist so ... reizend, dich aus deiner eleganten Pariser Umgebung gerissen zu sehen."

Eva blieb ungerührt, ihre Augen wurden kalt wie Stahl, doch ihre Stimme klang lässig, fast spielerisch. „Oh, Agnes, ich hätte dich fast vergessen. Du weißt, wie das ist – manche Menschen hinterlassen einfach keine bleibende Erinnerung."

Agnes grinste und neigte den Kopf. „Wie nett von dir, Eva. Aber ich glaube, du wirst noch genug Gelegenheit haben, dich an mich zu erinnern. Ich plane nämlich, ein Weilchen zu bleiben. Du weißt ja – die Stadt ist groß, und ich habe Appetit auf ein bisschen ... echte Jagd."

Adams Augen verengten sich, und er trat einen Schritt auf Agnes zu. „Das wirst du lassen. San Francisco ist kein ... Jagdgebiet."

Agnes schnalzte mit der Zunge und tat, als sei sie zutiefst enttäuscht. „Ach, Adam. Immer noch so zivilisiert? Was ist nur aus dem wilden Krieger geworden, den ich einmal kannte?"

„Vielleicht hast du mich nicht so gut gekannt, wie du denkst." Adams Stimme war leise, bedrohlich, und Eva konnte sehen, wie seine Hände sich zu Fäusten ballten.

Agnes trat noch näher, fast provokant, ihre blauen Augen funkelten voller Bosheit. „Und vielleicht werde ich die alten Zeiten wieder aufleben lassen. Sieh uns an – alle zusammen in dieser Stadt, ein Bild der Dekadenz. Denkst du nicht auch, Eva? Die Menschen da draußen, so ... verlockend."

Eva lächelte, doch ihr Blick war kalt. „Agnes, du solltest vorsichtig sein. Manche Geister der Vergangenheit bleiben besser tot."

„Oh, ich liebe es, wenn du drohst", erwiderte Agnes und lächelte herausfordernd. „Es wäre doch schade, wenn diese wunderbare Stadt durch ein paar ... kleine Unfälle Aufmerksamkeit auf sich zieht."

„Dann schätze ich, dass du vorsichtig sein solltest, damit du nicht der nächste Unfall wirst." Eva sagte es ruhig, und ihre Stimme trug eine Kälte, die selbst Adam kurz erstarren ließ.

Agnes zog einen Schmollmund und machte eine dramatische Verbeugung. „Oh, ich wusste doch, dass wir alle noch so gut miteinander auskommen würden. Ach, was freue ich mich auf die gemeinsamen Nächte." Sie warf einen letzten spöttischen Blick auf Adam und Eva, drehte sich dann elegant um und verschwand in der Dunkelheit.

Als ihre Schritte verklungen waren, ließ Eva einen langen Atemzug entweichen, und sie sah zu Adam. „Das wird uns beiden noch eine Menge Ärger bringen."

Adam nickte und fuhr sich mit einer Hand durch das Haar, das im Mondlicht leicht silbern schimmerte. „Du hattest also nicht nur mich im Auge, sondern wusstest, dass sie auch kommen würde?"

Eva sah ihn an, und in ihrem Blick lag eine Spur von Bedauern. „Vielleicht wusste ich es. Vielleicht wollte ich nur sicherstellen, dass sie nicht alles zerstört, was ... was uns noch bleibt." Sie griff nach Adams Hand, hielt sie fest und murmelte: „Wenn wir das hier überleben, Adam, werden wir vielleicht wirklich die Chance haben, neu anzufangen."

Er zog sie sanft zu sich heran, legte eine Hand an ihre Wange und sah ihr in die Augen, sein Blick weich und voller Sehnsucht. „Dann sollten wir das Beste daraus machen. Bevor es zu spät ist."

Kapitel 4

Evas Haut prickelte unter Adams Berührung, und für einen kurzen Moment schien die Welt um sie herum zu verschwimmen. Die sanfte Dunkelheit der Nacht, das Rauschen des fernen Meeres – alles wurde bedeutungslos. Da war nur noch er, mit seinen Augen, die so tief und unergründlich wie ein Abgrund waren. Sie fühlte, wie die alte Anziehungskraft zwischen ihnen wieder aufflammte, wie ein Feuer, das sich nicht unterdrücken ließ.

„Also", murmelte sie leise, den Blick fest auf seine Lippen gerichtet. „Willst du jetzt sagen, dass du mich wieder in dein Leben lässt?"

Adams Mundwinkel zuckten, und sein Blick schien eine Herausforderung zu bergen, ein unausgesprochenes Versprechen. „In mein Leben? Das klingt ... dramatischer, als es sein sollte. Sagen wir einfach, ich lasse mich ein weiteres Mal von dir verführen."

Eva lächelte spöttisch, ihre Augen funkelten vor Belustigung. „Du nennst es Verführung? Ich nenne es eine therapeutische Maßnahme. Schließlich braucht jemand wie du gelegentlich eine ... Erinnerung daran, was das Leben lebenswert macht."

Er beugte sich leicht zu ihr, bis sein Atem ihre Haut streifte, sein Blick unverwandt und scharf. „Und was genau ist es, das mein Leben lebenswert macht, Eva?"

Sie zögerte kurz, und ihr Herz schlug schneller. „Vielleicht ... der Kampf? Das Risiko? Die Gewissheit, dass du trotz deiner Schwäche nicht allein bist?" Sie strich mit einer Hand sanft über seine Wange, bevor sie ihm ins Ohr flüsterte: „Oder vielleicht die Tatsache, dass du mich nie ganz vergessen konntest."

Adam verzog das Gesicht, halb belustigt, halb irritiert. „Vergessen ist ein Luxus, den du einem wie mir nicht gönnst, Eva. Selbst wenn ich es wollte, du bist wie ein Schatten, der nie vergeht." Seine Stimme war ein tiefes Flüstern, ein dunkles Versprechen.

Doch bevor sie auf seine Worte antworten konnte, wurde ihre intime Stimmung jäh von einem kalten Lachen zerrissen, das sie wie ein schneidender Wind traf.

„Oh, wirklich herzerwärmend. Es ist fast, als wäre ich in einer schlechten Romanze gelandet." Agnes war zurück und lehnte lässig gegen eine Straßenlaterne, die rote Haarpracht in den Wind geworfen und ein amüsiertes Lächeln auf den Lippen.

Eva spannte sich an und löste sich leicht von Adam, warf ihm jedoch einen vielsagenden Blick zu, bevor sie sich wieder zu Agnes umdrehte. „Kannst du dir vielleicht ein anderes Hobby suchen, Agnes? Vielleicht eins, das dich nicht dazu bringt, ständig in Angelegenheiten einzudringen, die dich nichts angehen."

Agnes hob theatralisch die Hände und legte ein unschuldiges Gesicht auf. „Was kann ich dafür? Es ist einfach so verlockend, dabei zuzusehen, wie zwei Jahrhunderte alte Vampire so tun, als wären sie Romeo und Julia."

Adam verschränkte die Arme und musterte sie, seine Augen voller Eiseskälte. „Und du bist also hier, weil ...?"

„Oh, keine Sorge. Ich bin nicht hier, um eure kleine Szene zu ruinieren. Ich bin nur neugierig." Agnes lächelte breit und trat näher, ihre Augen schimmerten vor Boshaftigkeit. „San Francisco hat mich schon immer fasziniert. All die süßen, ahnungslosen Menschen – sie sind so ... rein. So lebendig."

Eva schloss die Augen und atmete tief durch, als ob sie all die Geduld aufbringen müsste, die ihr in diesem Moment noch blieb. „Agnes, wir haben Regeln. Regeln, die wir uns selbst auferlegt haben, um diese Stadt und uns selbst zu schützen."

„Regeln?" Agnes lachte und rollte die Augen. „Ach, Eva, die Regeln sind für Menschen da, nicht für uns. Oder hat Adam dir das in seiner melancholischen Weisheit noch nicht erklärt? Wir sind die Könige und Königinnen der Dunkelheit. Wir leben nicht nach den Maßstäben der Sterblichen."

„Vielleicht nicht", entgegnete Eva mit kühler Bestimmtheit, „aber wir leben hier, in dieser Welt, und diese Welt kann sehr gefährlich sein, wenn wir sie zu sehr provozieren." Sie trat auf Agnes zu und hielt ihrem stechenden Blick stand. „Ich werde nicht zulassen, dass du die Stadt mit deinem Durst ins Chaos stürzt."

Agnes grinste und schien Evas Worte in sich aufzunehmen, als wäre das alles nur ein kleines Spiel. „Ist das so? Dann lass uns doch sehen, wer am Ende Recht behält." Sie machte eine herausfordernde Geste und zwinkerte Adam zu. „Vielleicht kannst du ihr mal ein bisschen die Realität erklären, Adam. Oder bist du jetzt auch einer von den gezähmten Kreaturen?"

Adam verengte die Augen, sein Gesicht blieb hart und undurchdringlich. „Ich bin nicht gezähmt, Agnes. Ich habe einfach gelernt, dass manche Kriege es nicht wert sind, gekämpft zu werden."

Agnes lachte, eine scharfe, kalte Note in ihrer Stimme. „Oh, du langweilst mich! Beide, ihr seid zu langweilig geworden. Wo ist der Adam, den ich kannte? Der Krieger? Der, der für sein eigenes Leben nicht gezögert hätte? Stattdessen stehst du hier und lässt dir Lektionen in Moral und Kontrolle erteilen." Sie richtete ihre Aufmerksamkeit wieder auf Eva, ein giftiges Lächeln auf den Lippen. „Ach, ich verstehe. Du hast ihm beigebracht, wie man ein braves Hündchen wird, Eva."

„Ich brauche dir nichts zu beweisen", entgegnete Eva kühl. „Weder dir noch irgendjemand anderem."

Doch bevor Agnes antworten konnte, hörten sie das leise Knirschen von Schritten auf dem Kiesweg. Eine Gruppe von Menschen, ein paar Touristen, kam auf sie zu, unschuldig und arglos, nur ein paar Meter entfernt, lachend und die Sehenswürdigkeiten bewundernd.

Agnes' Augen blitzten hungrig auf, und Eva bemerkte das Spiel in ihrem Blick sofort. „Tu es nicht", zischte sie.

„Oh, wieso nicht? Ich habe seit Wochen keinen anständigen Happen mehr gehabt", erwiderte Agnes mit einem träumerischen Unterton. Doch noch bevor sie sich bewegen konnte, war Adam bei ihr, sein Griff fest an ihrem Arm, und seine Augen blitzten vor dunkler Wut.

„Ich habe dich gewarnt", sagte er, seine Stimme leise, aber schneidend. „Wenn du dich nicht kontrollieren kannst, Agnes, wirst du hier nicht lange bleiben."

Agnes drehte sich zu ihm um, ihre Augen funkelten voller Hass. „Oh, Adam. Und du wirst mich stoppen? Du?" Sie lehnte sich zu ihm vor, ihre Lippen nur einen Hauch von seinem Gesicht entfernt. „Versuch's doch. Aber denk daran – ich kenne deine Schwächen. Ich weiß, was du fürchten musst."

Evas Hände ballten sich zu Fäusten, und sie spürte den Drang, Agnes zu packen und für immer zum Schweigen zu bringen. Aber das wäre zu einfach, zu schnell. Stattdessen trat sie an Adams Seite und legte eine Hand auf seine Schulter, ihren Blick auf Agnes fixiert.

„Agnes", sagte sie leise, und jede Silbe war voller Kälte, „du solltest verschwinden. Jetzt."

Agnes grinste. „Oh, macht euch keine Sorgen. Ich werde verschwinden – nur nicht für immer. Ich mag euch vielleicht ein wenig bedrängen, aber ich bin geduldig. Die Nacht ist noch jung, und ich habe genug Zeit, euch an euer eigenes Monster zu erinnern."

Mit einem letzten spöttischen Lächeln trat Agnes zurück, ihre Gestalt verschwand fast wie ein Schatten in der Dunkelheit, und ihre Präsenz löste sich auf wie Rauch. Die Touristen waren inzwischen vorbeigegangen, und für einen Moment war die Straße wieder ruhig, nur die entfernten Lichter der Stadt glühten in der Ferne.

Eva und Adam standen stumm nebeneinander, beide spürten die Anspannung, die die Begegnung mit Agnes hinterlassen hatte. Nach einer Weile sah Adam zu Eva und meinte leise: „Sie wird zurückkommen. Sie wird uns alles nehmen, was wir uns aufgebaut haben."

Eva nickte langsam. „Das weiß ich. Aber sie ist nicht so unberechenbar, wie sie sich gibt." Sie machte eine kurze Pause, dann sagte sie entschlossen: „Wir werden bereit sein. Und wenn sie noch einmal einen Fehler macht, werde ich es persönlich sein, die ihr die Konsequenzen ihrer Spiele zeigt."

Adam sah sie an, und in seinem Blick lag ein Funkeln, ein Hauch von Respekt und – vielleicht – auch von Bewunderung. „Du hast dich verändert, Eva."

„Vielleicht", murmelte sie, ein leises Lächeln auf den Lippen. „Aber manche Dinge ändern sich nie." Sie griff nach seiner Hand, hielt sie fest und flüsterte: „Und genau deshalb werden wir dieses Mal gewinnen."

23

Kapitel 5

Evas Finger schlossen sich fester um Adams Hand, während sie gemeinsam in die Nacht hinaustraten, als wäre die Dunkelheit ein vertrauter Freund und nicht der endlose, schweigende Feind, der sich wie eine Bedrohung um sie legte. Sie hatten oft in solchen Nächten gestanden, die Ewigkeit im Rücken und das Schicksal vor sich, und doch schien diesmal alles anders. Ihre Schritte hallten auf dem kalten Pflaster, und das leise Raunen des Windes umspielte sie wie ein düsteres Lied.

„Und was genau ist dein brillanter Plan, Eva?" fragte Adam schließlich, seine Stimme triefte vor Ironie. „Wir legen uns auf die Lauer und warten, bis Agnes ihre Nerven verliert? Oder verführerischer – wir laden sie auf ein Tässchen Tee ein und besprechen unsere Differenzen wie zivilisierte Unsterbliche?"

Eva schnaubte und warf ihm einen schiefen Blick zu. „Ach, Adam, als hättest du jemals ‚zivilisiert' verstanden." Ein Lächeln, dunkel und schelmisch, erschien auf ihrem Gesicht. „Nein, ich dachte an etwas ... Einfallsreicheres. Agnes mag sich als unberechenbar und stark geben, aber sie hat ein Muster. Sie wird nicht widerstehen können, das Spiel zu eskalieren, besonders wenn sie glaubt, dass sie uns in Bedrängnis bringt."

„Du willst sie also bewusst provozieren?" fragte Adam, und da war ein Funken Belustigung in seinem Blick. „Interessant. Und was genau wirst du tun, um sie so zu reizen, dass sie die Kontrolle verliert?"

Eva lächelte – ein gefährliches, geheimnisvolles Lächeln, das Adam nur allzu gut kannte. „Wir werden sie glauben lassen, dass wir tatsächlich eine Bedrohung für sie darstellen. Sie glaubt, uns beide im Griff zu haben, aber nichts lässt sie mehr ausrasten, als wenn sie bemerkt, dass sie doch nicht so mächtig ist, wie sie denkt."

Adam hob eine Augenbraue, und ein kaltes Lächeln spielte um seine Lippen. „Du hast also vor, sie glauben zu lassen, dass wir eine Einheit sind. Dass wir ... zusammen stärker sind."

„Genau." Eva hielt inne, und ihre Augen funkelten im Schein einer Straßenlaterne. „Agnes denkt, dass wir schwach sind, dass sie die Kontrolle über uns hat. Doch was sie wirklich fürchtet, ist eine Allianz zwischen uns beiden. Sie weiß, dass unsere Kombination explosiv ist – das hat sie früher schon erlebt. Das wird sie nervös machen. Und das wird ihr die Geduld rauben."

„Und wie genau willst du diese Allianz darstellen?" fragte Adam skeptisch und verschränkte die Arme. „Ein Bild in den sozialen Medien? Vielleicht ein gemeinsames Selfie bei Kerzenschein?"

Eva trat einen Schritt näher an ihn heran, und ihr Blick wurde herausfordernd. „Oh, ich dachte an etwas Praktischeres. Wie wäre es, wenn wir ihr eine Show bieten, Adam? Eine Show, die so überzeugend ist, dass sie ihre Nerven verliert und Fehler macht."

Adam blinzelte, und für einen Moment lang dachte er, er hätte sich verhört. „Eine Show? Was genau meinst du damit?"

Eva trat noch einen Schritt näher, so dicht, dass er den Duft ihres Parfums wahrnehmen konnte – eine Mischung aus Jasmin und etwas Dunklem, Gefährlichem. „Ich meine, dass wir ihr zeigen, dass wir einander näher sind, als sie dachte. Dass wir bereit sind, zusammenzugehen, um sie zu vernichten. Sie wird glauben, dass wir sie ins Visier nehmen. Sie wird paranoid werden."

„Und was genau soll sie dabei beobachten?" Adams Stimme war leise, fast ein Flüstern, doch sein Tonfall verriet, dass er die Herausforderung verstand. „Dass wir ... was? Verliebte sind, die sich gegen sie verbünden?"

„Verliebte, Partner, Verbündete ..." Eva hob die Schultern, als wäre es das Natürlichste der Welt, und ihr Blick glitt über ihn, kalt und berechnend und zugleich voller hitziger Verheißungen. „Du weißt genau, wie man das spielt, Adam. Du musstest es oft genug tun."

Adam spürte, wie sein Herz in einem Rhythmus zu schlagen begann, den er lange nicht mehr gespürt hatte. Die Aussicht, dieses uralte Spiel mit Eva zu spielen, erregte ihn auf eine Art und Weise, die er nicht hatte kommen sehen. „Du willst also, dass wir ... uns gegenseitig täuschen? Dass wir uns gegenseitig belügen und das Ganze als Waffe benutzen? Klingt nach uns." Er grinste, und seine Augen glühten im Schein des fahlen Lichts.

„Und wenn wir uns dabei selbst ein wenig verlieren ... was macht das schon?" Ihre Worte waren wie ein leises Versprechen, und für einen Moment schien sich die Nacht um sie zu verdichten, als könnte sie ihre Leidenschaft und ihre Dunkelheit fühlen.

Adam trat noch näher, hob eine Hand und strich mit den Fingern über ihre Wange. „Du spielst ein gefährliches Spiel, Eva."

„Ich weiß." Ihre Stimme war kaum mehr als ein Flüstern, aber ihre Augen funkelten. „Aber ich weiß auch, dass du das Risiko liebst, Adam. Und dass du mich liebst, ob du es zugeben willst oder nicht."

Er sagte nichts, sondern ließ seine Hand über ihre Wange gleiten, seine Finger fuhren sanft über ihre Haut, bis seine Hand in ihren Nacken wanderte und ihre Köpfe sich beinahe berührten. Ihre Blicke verhakten sich, und da war so viel zwischen ihnen – unausgesprochene Worte, alte Wunden und die unstillbare Sehnsucht, die sie beide immer wieder in diesen Strudel zog.

Langsam beugte er sich vor und ließ seine Lippen sanft ihre berühren. Ein Kuss, der wie ein stilles Versprechen war, ein Akt, der all die Geheimnisse und das Chaos enthielt, das zwischen ihnen tobte. Doch bevor er sich wirklich vertiefen konnte, zog sie sich leicht zurück, und ein Lächeln erschien auf ihren Lippen.

„Wir sollten uns nicht zu sehr von der Show ablenken lassen, Adam. Es wäre schade, wenn Agnes den Eindruck bekäme, wir hätten tatsächlich Gefühle füreinander." Ihr Lächeln war sarkastisch, aber auch voller Wärme, und sie wusste genau, dass er die Herausforderung verstanden hatte.

„Ach, und ich dachte, ich würde die Regie übernehmen", murmelte er leise, aber er zog sie sanft wieder zu sich und küsste sie erneut, dieses Mal tiefer, leidenschaftlicher. Ein Kuss, der mehr bedeutete als jedes Spiel, den sie jedoch beide als perfekte Maske nutzten – eine Maskerade der Leidenschaft, die genau die richtigen Gefühle simulierte, und die doch so viel mehr bedeutete, als sie sich selbst eingestehen wollten.

Als sie sich schließlich voneinander lösten, glühte ein triumphierender Ausdruck in Evas Augen. „Das wird ihr die Nerven rauben. Sie wird nicht widerstehen können, zu glauben, dass sie die Kontrolle über uns verloren hat. Und das ist genau der Moment, in dem wir zuschlagen werden."

Adam nickte, sein Blick immer noch auf ihren Lippen, als wäre der Gedanke an den Kuss noch nicht ganz verblasst. „Dann lass uns eine perfekte Show inszenieren, Eva. Agnes wird keinen Verdacht schöpfen, bis es zu spät ist."

Eva griff nach seiner Hand, und ihre Finger verschränkten sich fest um seine. Die Kühle ihrer Haut war ein vertrauter Trost, und für einen kurzen Moment schien alles Sinn zu ergeben – die Einsamkeit, die Kämpfe, das unablässige Verlangen, das sie zueinander zog und zugleich auseinanderstieß.

„Wenn wir das tun", flüsterte sie, als sie seinen Blick hielt, „werden wir uns nichts mehr vormachen können, Adam. Es wird kein Zurück mehr geben. Für uns beide."

Er sah sie an, sein Blick dunkel und entschlossen. „Es gibt schon lange kein Zurück mehr, Eva. Das weißt du genauso gut wie ich."

Ein leises Lächeln spielte auf ihren Lippen, und sie erwiderte seinen Blick mit einer unnachgiebigen Entschlossenheit. „Dann lass uns dieses Spiel spielen. Für uns. Und für das, was wir immer noch sein könnten."

Seite an Seite traten sie in die Dunkelheit, und das flüchtige Lächeln, das beide auf ihren Lippen trugen, war wie ein stilles Versprechen an das Schicksal. Sie würden Agnes in ihrem eigenen Spiel besiegen – und vielleicht, nur vielleicht, dabei endlich ihre eigenen Dämonen überwinden.

Die Nacht gehörte ihnen, und die Lichter der Stadt glühten, als würden sie auf das warten, was kommen würde.

Kapitel 6

Die nächsten Tage vergingen wie ein düsteres, perfides Spiel. Eva und Adam bewegten sich durch die Stadt wie Schatten, immer auf der Hut, immer darauf bedacht, Agnes' Blicke auf sich zu ziehen, sie anzulocken, sie in ihre geplante Falle zu locken. Jedes Treffen, jede flüchtige Berührung war ein Teil dieses gefährlichen Tanzes, der ein Gleichgewicht von Verlangen und Berechnung erforderte.

In einem dieser Momente, in einem versteckten Innenhof eines alten, verlassenen Hotels in der Innenstadt, trafen sie sich erneut. Eva wartete bereits, als Adam in der Dunkelheit auftauchte, sein Gesicht im Halbschatten, seine Augen glühend und fixiert auf sie.

„Ich dachte, du hättest mich warten lassen", sagte sie spöttisch und schlug die Arme um sich selbst, als würde die Kälte der Nacht ihr tatsächlich etwas anhaben.

Adam trat näher, und ein ironisches Lächeln lag auf seinen Lippen. „Denkst du wirklich, ich habe nicht Besseres zu tun, als dir zuliebe pünktlich zu erscheinen?"

„Wie großzügig von dir." Eva hob das Kinn und musterte ihn mit einem herausfordernden Blick. „Vielleicht brauchst du die Übung, Adam. Höflichkeit steht dir, weißt du das?"

„Ach, so wie dir ... Geduld?" Er trat noch näher, so nah, dass sie den Hauch seines Atems spüren konnte. „Du spielst deine Rolle gut, Eva. Fast könnte man glauben, du würdest das alles genießen."

„Vielleicht tue ich das", antwortete sie leise und sah ihn mit einer Mischung aus Neugier und Kälte an. „Aber das Spiel zu genießen und es ernst zu nehmen, sind zwei verschiedene Dinge, oder?"

Bevor Adam antworten konnte, glitt ein Geräusch durch die Stille – ein leises, flüchtiges Rascheln, das ihnen beiden sofort die Nerven anspannte. Sie brauchten sich nicht umzusehen, um zu wissen, dass Agnes sie beobachtete. Sie war da draußen, irgendwo, in der Dunkelheit. Evas Finger spannten sich leicht, und sie lächelte unmerklich, als sie Adams Blick spürte, die stumme Übereinkunft zwischen ihnen, dass dies der Moment war, auf den sie gewartet hatten.

Ohne ein weiteres Wort zog Adam sie plötzlich zu sich, seine Hand fest um ihre Taille gelegt, und ihre Gesichter nur einen Hauch voneinander entfernt. Die Hitze seiner Berührung schoss wie ein elektrischer Funke durch sie hindurch, und für einen Moment konnte sie nicht anders, als sich der Verführung dieses Spiels hinzugeben. Sie wusste, dass Agnes sie sah, dass dies alles Teil des Plans war, und doch ... es fühlte sich fast echt an.

„Was glaubst du, würde sie denken, wenn sie das hier sieht?" murmelte Adam, seine Stimme war kaum mehr als ein heiseres Flüstern, das direkt an ihrer Wange entlang glitt.

„Vielleicht glaubt sie, dass sie uns noch besser manipulieren kann. Dass sie uns noch tiefer in ihren Strudel ziehen kann", antwortete Eva leise und legte ihre Hände an Adams Brust. Sie spürte die Härte seiner Muskeln, das leise Pochen eines Herzens, das nicht mehr schlug, und doch so voller Leben war. „Aber vielleicht, Adam, werden wir diesmal ihre eigenen Waffen gegen sie richten."

Adam lachte leise, ein dunkles, raues Lachen, das etwas in ihr auslöste, das sie nicht kontrollieren konnte. „Das ist die Eva, die ich kenne", murmelte er und zog sie noch enger an sich. „Aber wenn wir das Spiel spielen, spielen wir es richtig. Keine halben Sachen, Eva."

„Oh, glaubst du, ich tue irgendetwas halbherzig?" fragte sie und schob ihr Gesicht noch näher an seins, ihre Augen glühten in der Dunkelheit. „Du weißt doch genau, dass ich immer bis zum Ende gehe."

Sein Mund verzog sich zu einem schiefen Lächeln, und er neigte sich vor, bis seine Lippen ihre fast berührten. „Dann zeig mir, wie weit du gehen kannst."

In diesem Moment verschwammen die Grenzen zwischen Realität und Spiel. Seine Lippen trafen ihre mit einer rohen, ungezähmten Intensität, die alles übertraf, was sie sich jemals als Maske vorgestellt hatten. Der Kuss war wild, fordernd, wie ein Sturm, der alles verschlang, und doch voller Kontrolle, als wäre jede Bewegung eine Berechnung, ein Teil des Plans – und zugleich mehr als das.

Eva konnte sich nicht wehren, sie wollte es auch nicht. In diesem Moment war alles, was sie brauchte, hier, in seinem Griff, in der Hitze seiner Berührung. Sie fühlte, wie seine Hände sich über ihren Rücken bewegten, sie fest an sich drückten, als könnte er sie nie wieder loslassen. Und einen Augenblick lang gab sie sich diesem Gefühl hin – dem alten, längst begrabenen Verlangen, das in ihnen beiden noch immer wie ein Feuer glomm.

Doch dann hörte sie es – ein leises, giftiges Lachen, das aus der Dunkelheit zu ihnen drang, und sie löste sich abrupt von ihm, ihre Augen blitzten auf.

„Oh, wie entzückend!" Agnes trat hervor, ihre Augen funkelten boshaft, und ihre Lippen verzogen sich zu einem selbstgefälligen Grinsen. „Die große Eva und ihr melancholischer Prinz. Wie rührend! Ihr glaubt tatsächlich, dass ich auf eure kleine Show hereinfalle?"

Adam schob sich schützend vor Eva und funkelte Agnes an, sein Blick voller Kälte und drohender Ruhe. „Vielleicht unterschätzt du uns, Agnes. Ein Fehler, der dich teuer zu stehen kommen könnte."

Agnes lachte und schüttelte spöttisch den Kopf. „Unterschätzen? Oh, mein Lieber, ihr unterschätzt euch selbst! Glaubt ihr wirklich, dass eure ... tragische Liebe mir im Weg stehen könnte?"

„Vielleicht sind wir tragisch", entgegnete Eva kühl, während sie Adams Seite umrundete, sodass sie sich Agnes nun direkt gegenüber stellte. „Aber im Gegensatz zu dir haben wir nichts mehr zu verlieren. Das macht uns gefährlich, Agnes."

Ein Schatten der Unsicherheit glitt über Agnes' Gesicht, und für einen kurzen Moment konnte Eva sehen, dass sie tatsächlich getroffen hatte. Doch dann schloss sich die Maske wieder, und Agnes lächelte kalt. „Ihr habt keine Ahnung, wie tief ich gehen würde, um euch beide leiden zu sehen. Ich werde dafür sorgen, dass ihr euch zerstört. Dass ihr am Ende nichts mehr habt – weder einander noch euch selbst."

Eva spürte, wie Adams Hand sich sanft um ihre schloss, und sie wusste, dass dies das letzte Zeichen der Zustimmung war. „Wir haben viele Leben gesehen und verloren, Agnes", sagte sie leise, und ihre Stimme klang wie das Echo eines uralten Versprechens. „Aber was auch immer du versuchst – am Ende werden wir überleben."

Agnes' Lächeln verschwand, und für den Bruchteil einer Sekunde sah Eva den Abgrund in ihren Augen – die tiefe, ungestillte Wut, die wie ein dunkler Strom durch ihre Seele floss. „Dann sehen wir uns auf dem Schlachtfeld, meine Lieben", zischte sie, und ihr Blick glühte in einer wilden, schattenhaften Bosheit, die mehr versprach, als Worte sagen konnten.

Dann drehte sie sich um und verschwand in der Dunkelheit, ein Schatten, der sich in die Nacht auflöste, hinter sich das scharfe Echo ihres hasserfüllten Lachens.

Als Stille eintrat und die Kälte der Nacht über sie zurückfiel, standen Eva und Adam noch immer Hand in Hand, wie zwei Krieger, die sich in der Stille des kommenden Sturms fanden. Die Spannung zwischen ihnen blieb, das ungesagte Verlangen, die Angst, und doch war da noch mehr – ein Gefühl der Verbundenheit, das alle Gefahren überstieg.

„Das war's dann", murmelte Adam schließlich, und seine Stimme klang heiser. „Jetzt wird es keinen Frieden mehr geben."

Eva sah ihn an, ihre Augen voller unergründlicher Tiefe. „Dann werden wir die Nacht zu unserer Verbündeten machen, Adam. Denn wenn das hier ein Krieg wird, dann werde ich dafür sorgen, dass wir am Ende diejenigen sind, die ihn gewinnen."

Er nickte, und ein Funken Respekt und Bewunderung blitzte in seinem Blick auf. „Du warst schon immer die Stärkere von uns beiden, Eva."

Sie schüttelte leicht den Kopf und zog ihn in eine feste Umarmung, ihre Lippen nahe an seinem Ohr. „Nein, Adam", flüsterte sie, „das sind wir nur zusammen."

Und in diesem Moment wussten sie beide, dass es kein Zurück mehr gab – weder für sie noch für ihre Feinde.

Kapitel 7

Die Nacht lag wie ein dichter, dunkler Schleier über San Francisco, und die Lichter der Stadt warfen ein kaltes, unruhiges Glühen auf die Straßen. In einem kleinen, versteckten Café, das kurz vor der Morgendämmerung schloss, saßen Eva und Adam in einer Ecke, weit weg von neugierigen Blicken. Zwischen ihnen lag eine Spannung, die beinahe greifbar war – eine Mischung aus alter Vertrautheit und der harten Erkenntnis, dass ihre gemeinsame Mission sie an den Rand dessen brachte, was sie ertragen konnten.

Adam drehte langsam die leere Kaffeetasse in seinen Händen und betrachtete sie nachdenklich. „Also, das ist dein Plan? Wir provozieren Agnes, bringen sie dazu, die Kontrolle zu verlieren, und schlagen dann zu? Klingt ... einfach."

Eva verschränkte die Arme und lehnte sich zurück, ein ironisches Lächeln umspielte ihre Lippen. „Einfach? Du hast also wirklich nichts von mir gelernt, Adam. Wenn du das hier als ‚einfach' empfindest, dann unterschätzt du mich gewaltig."

Er hob eine Augenbraue und musterte sie mit einem gespielt enttäuschten Blick. „Ach, Eva, ich hätte fast geglaubt, du würdest endlich eine gewisse Einfachheit im Leben bevorzugen. Aber nein, stattdessen hast du wieder diesen Drang, alles zu komplizieren."

„Kompliziert? Nenn es lieber raffiniert." Sie lächelte und nahm einen letzten Schluck ihres inzwischen kalten Espressos, die Augen nie von ihm abwendend. „Du weißt, dass Agnes nur auf eine Gelegenheit wartet, ihre Macht zu demonstrieren. Sie will uns schwach sehen. Also geben wir ihr, was sie will – oder besser gesagt, was sie zu wollen glaubt."

Adam lehnte sich mit einem finsteren Grinsen vor, die Ellenbogen auf den Tisch gestützt. „Und was genau glaubst du, dass sie sehen will? Ein tragisches Paar, das sich am Ende selbst zerstört?"

Eva schnaubte und beugte sich ebenfalls vor, bis ihre Gesichter nur noch einen Hauch voneinander entfernt waren. „Sie will sehen, dass wir uns gegenseitig hassen und lieben, bis wir an der Last zugrunde gehen. Agnes lebt von Emotionen, von Manipulation. Sie wird uns beobachten und warten, bis sie das perfekte Loch in unserer Fassade entdeckt."

„Ein Loch in unserer Fassade, hm?" Adam grinste, und in seinen Augen blitzte ein herausforderndes Licht. „Dann sollten wir uns vielleicht Mühe geben, das Schauspiel ... überzeugend zu spielen."

Sie hielt seinem Blick stand, und für einen Moment war das Knistern zwischen ihnen intensiver als jedes Wort, das sie austauschen könnten. „Oh, ich denke, wir können uns beide gut genug in Szene setzen, Adam. Schließlich waren wir schon immer gut darin, andere an unseren eigenen Gefühlen zweifeln zu lassen."

Er lachte leise, ein dunkles, amüsiertes Lachen, das eine Spur von Wärme in seine kühlen Augen brachte. „Dann lass uns das Spiel beginnen. Aber wir sollten uns darüber im Klaren sein, dass wir nichts verschweigen können, Eva. Keine Geheimnisse. Wenn Agnes nur den Hauch eines Zweifels wittert, wird sie uns zerreißen."

Eva nickte langsam und lehnte sich zurück, der Blick ihrer Augen schien fast abwesend, als sie darüber nachdachte. „Keine Geheimnisse ...", wiederholte sie leise. Doch sie wusste, dass das leichter gesagt war als getan. In ihrem gemeinsamen, dunklen Leben hatten sie so viel erlebt, so viel miteinander geteilt – und doch waren da Abgründe in ihnen, die selbst der andere niemals ganz durchdrungen hatte.

Die Tür des Cafés öffnete sich mit einem leisen Klingeln, und ein Mann trat ein. Groß, elegant gekleidet, mit einem ruhigen, fast gelangweilten Blick, der von Gast zu Gast glitt, bis er auf Eva und

Adam traf. Seine Lippen verzogen sich zu einem verschmitzten Lächeln, und er setzte sich ohne Aufforderung an ihren Tisch.

„Ah, die Liebenden des Jahrhunderts. Wie entzückend." Seine Stimme war ein tiefer, sanfter Bariton, und sein Akzent verriet seine Wurzeln – ein Hauch von Pariser Eleganz, die in die Dunkelheit der Nacht hineinwirkte. Er war ein alter Bekannter, ein Freund und gelegentlicher Rivale: Lucien Moreau, der Mann, den Eva einst beinahe geheiratet hätte, bevor sie Adam traf.

Eva hob die Augenbrauen, leicht überrascht, doch sie ließ sich nichts anmerken. „Lucien. Was für ein ... unerwarteter Besuch."

Lucien grinste und schenkte Adam ein flüchtiges, ironisches Lächeln. „Es ist eine Ewigkeit her, Adam. Ich hatte beinahe geglaubt, du würdest dich endgültig zur Ruhe setzen." Seine Stimme triefte vor sarkastischer Bewunderung.

Adam verdrehte die Augen, aber in seinen Zügen zeichnete sich ein Anflug von Humor ab. „Lucien, wie schön, dich auch zu sehen. Es wäre fast ... ein Vergnügen, wenn ich nicht wüsste, dass du hier bist, um Ärger zu machen."

Lucien lehnte sich entspannt zurück und legte die Hände hinter den Kopf, sein Blick glitt spielerisch zwischen Eva und Adam hin und her. „Ich habe gehört, dass unsere gemeinsame Freundin Agnes gerade eine ... interessante Zeit hat. Ich dachte mir, ich könnte mich dem Drama anschließen."

Eva schnitt ihm das Wort ab, die Augen zu schmalen Schlitzen verengt. „Du willst dich einmischen, Lucien? Du willst dich in unser Geschäft drängen, nachdem du –"

Lucien hob abwehrend die Hände und lächelte sie unschuldig an. „Eva, meine Liebe, ich bin nur hier, um zu helfen. Agnes ist eine ... alte Bekannte, und ich dachte, dass es besser wäre, sie im Auge zu behalten. Vielleicht könnte ich ja ein wenig ... zur Beruhigung beitragen?"

„Beruhigung?" Adam schnaubte abfällig und lehnte sich vor, sein Blick war voller Verachtung. „Wir wissen beide, dass du kein Interesse an Frieden hast, Lucien. Du bist wie ein Schakal, der im Schatten wartet, bis er von den Überresten profitieren kann."

Lucien lächelte nur breit und strich sich betont die Manschetten seines Anzugs glatt. „Ach, Adam. Du kennst mich so gut." Dann richtete er sich wieder auf und sein Lächeln wurde ernst. „Aber in diesem Fall könnte ich wirklich von Nutzen sein. Agnes wird nicht einfach verschwinden. Sie hat eine Ader für Dramatik – und für die totale Zerstörung."

Eva zögerte, während ihre Gedanken rasten. Lucien war gefährlich – das hatte sie immer gewusst. Doch er war auch jemand, der sich stets selbst in Szene setzte, der die Kontrolle suchte, selbst wenn er Chaos verursachte. Jemand wie er konnte hilfreich sein, solange man ihn auf Distanz hielt.

„Also gut, Lucien", sagte sie schließlich, ihre Stimme kühl und kontrolliert. „Du kannst uns helfen. Aber –" und ihre Augen verengten sich zu einem scharfen Blick – „wenn du auch nur daran denkst, uns in irgendeiner Weise zu hintergehen, dann werden wir dich nicht nur aus der Stadt jagen, sondern dafür sorgen, dass du nichts mehr hast, wozu du jemals zurückkehren kannst."

Lucien klatschte langsam in die Hände und schenkte ihr ein bewunderndes Lächeln. „Eva, das ist die Leidenschaft, die ich immer an dir bewundert habe." Er sah Adam an, ein Ausdruck gespielten Mitgefühls in seinen Augen. „Vielleicht solltest du dir Sorgen machen, Adam. Deine Liebste hier ist zu allem fähig."

Adam antwortete nicht, sondern beobachtete Lucien mit eiskalter Ruhe. „Mach dir keine Sorgen um mich, Lucien. Ich weiß genau, was Eva will – und was sie bereit ist zu tun, um es zu bekommen."

Lucien grinste und stand langsam auf, sein Blick ruhte noch einen Moment auf Eva, und in seinen Augen glomm ein Funke unerfüllten Verlangens. „Nun, ich werde meine Rolle spielen, Eva. Und dann sehen wir, wer von uns am Ende als Sieger hervorgeht."

Mit diesen Worten drehte er sich um und verließ das Café, seine Schritte hallten leise auf dem harten Boden. Die Tür fiel hinter ihm ins Schloss, und die Stille ließ die Anspannung zurück, die zwischen Eva und Adam wie ein leises, flackerndes Feuer stand.

„Das ist also unser Verbündeter?" Adams Stimme war trocken, ein Hauch von Sarkasmus schwang darin. „Lucien – der König der Intrige?"

Eva rieb sich die Stirn und lehnte sich zurück. „Er ist ... nützlich. Solange wir ihn im Zaum halten."

Adam schüttelte den Kopf und sah sie mit einem spöttischen Lächeln an. „Oh, ich vertraue dir voll und ganz, Eva. Ich bin sicher, dass du genau weißt, wie man eine tickende Zeitbombe kontrolliert."

„Solange du das Spiel mitspielst, Adam", entgegnete sie leise, „werden wir beide genau das bekommen, was wir wollen. Agnes ist gefährlich – aber Lucien wird uns helfen, sie in die Enge zu treiben."

Adam musterte sie und lehnte sich vor, sein Blick glitt von ihrem Gesicht über ihre Lippen, bevor er sie mit einem unbestimmten, dunklen Ausdruck in den Augen ansah. „Das hoffe ich, Eva. Denn wenn wir dieses Mal versagen, dann wird nichts und niemand uns retten können."

Kapitel 8

E va und Adam verließen das Café in einem wortlosen Einverständnis, das ihnen beiden Sicherheit gab und zugleich die Anspannung zwischen ihnen intensivierte. Die Straßen San Franciscos lagen still und verlassen vor ihnen, nur das leise Summen der entfernten Stadtgeräusche begleitete ihre Schritte. Neben ihm wirkten Evas Bewegungen wie die einer Raubkatze, elegant und unnachgiebig, während Adams Schritte kaum zu hören waren. Die Verbindung zwischen ihnen war spürbar, als wären sie ein eingespieltes Team – oder zwei Gegenspieler in einem finsteren Duett.

„Glaubst du wirklich, dass Lucien nützlich sein wird?" Adams Stimme durchbrach schließlich die Stille, mit einem Hauch von Skepsis und Spott.

Eva lachte leise und schüttelte kaum merklich den Kopf. „Oh, er wird nützlich sein, Adam. Lucien mag unzuverlässig und gefährlich sein, aber er hat ein Talent dafür, Chaos zu lenken, solange es in seinem Interesse ist. Er ist nicht dumm genug, sich selbst zu gefährden – nicht, solange er glaubt, dass er uns kontrollieren kann."

„Das ist also dein Plan?" Adam sah sie scharf an, die Augen halb zusammengekniffen. „Agnes gegen Lucien auszuspielen?"

„Und warum nicht?" Eva blieb abrupt stehen und trat so dicht an ihn heran, dass sie seinen Atem auf ihrer Haut spüren konnte. „Lucien und Agnes sind beide besessen von Machtspielen, doch ihre Stärken sind auch ihre größten Schwächen. Wir müssen ihnen nur zeigen, dass sie sich gegenseitig mehr fürchten sollten als uns."

Adam ließ einen Moment verstreichen, musterte sie und ließ sich von der herausfordernden Glut in ihren Augen mitreißen. „Du hast dir also einen ganzen Krieg ausgedacht, Eva. Und ich dachte, wir wären einfach nur hier, um sie aufzuhalten."

„Ach, Adam, du kennst mich doch", erwiderte sie mit einem gefährlichen Lächeln. „Für mich ist das alles ein Schachspiel. Agnes glaubt, dass sie uns kontrolliert, dass wir ihre Marionetten sind. Doch das, was sie am meisten fürchtet, ist Machtlosigkeit. Und wenn wir es richtig spielen, wird sie beginnen, an ihren eigenen Entscheidungen zu zweifeln."

Adam grinste und schüttelte kaum merklich den Kopf. „Schachspiel, hm? Ich wusste gar nicht, dass du immer noch gerne spielst."

„Nur wenn es sich lohnt." Eva legte den Kopf leicht schief und ihre Augen funkelten im Schein der Straßenlaterne. „Und ich würde sagen, dass es in diesem Fall durchaus lohnenswert ist. Agnes ist stark, das stimmt. Aber ihre Wut ist ihre Schwäche. Sie ist ... labil. Ein Funke, und sie verliert die Kontrolle."

„Also müssen wir den richtigen Funken setzen." Adams Stimme war ein tiefes, bedrohliches Raunen, und in seinem Blick lag eine Art finstere Faszination, als er Eva betrachtete. „Und wie setzen wir diesen Funken, ohne selbst in den Flammen zu enden?"

„Dafür haben wir ja Lucien." Eva trat wieder einen Schritt zurück und verschränkte die Arme, die Selbstzufriedenheit in ihrem Lächeln kaum zu verbergen. „Er glaubt, er könnte uns beide manipulieren, und das ist seine größte Schwäche. Er wird Agnes zum Rand der Verzweiflung treiben, wenn wir ihn dazu bringen, dass sie sich bedroht fühlt. Und wenn der Moment kommt, werden wir zuschlagen."

„Du denkst, wir könnten ihm wirklich trauen?" Adams Tonfall trug eine bittere Note, und seine Augen funkelten vor Misstrauen. „Lucien spielt keine Spiele, die er nicht gewinnen kann. Wenn wir ihm einen Vorteil geben, wird er ihn nutzen. Gegen uns."

„Adam." Eva trat wieder näher, legte ihre Hände auf seine Schultern und sah ihn eindringlich an, ihr Blick war durchdringend, fast hypnotisch. „Ich vertraue Lucien nicht. Aber ich vertraue darauf, dass seine Arroganz ihn unvorsichtig macht. Solange er denkt, dass er die Kontrolle hat, wird er mitspielen. Wir müssen ihm nur zeigen, dass Agnes die größere Gefahr für ihn ist als wir."

Adam ließ die Spannung ihrer Hände auf seinen Schultern zu, spürte die kühle Stärke ihres Griffs und erwiderte ihren Blick. Ein Funkeln von Bewunderung und Resignation lag in seinen Augen, als er schließlich nickte. „Also gut. Ich hoffe, du weißt, was du tust, Eva. Denn wenn wir hier verlieren, dann ..."

„Dann verlieren wir alles, ich weiß." Sie sprach die Worte mit einer Entschlossenheit aus, die keine Zweifel zuließ, und sie spürte, wie sich seine Schultern leicht entspannten, als würde er sich ihrer Sicherheit anvertrauen. „Aber wir haben nicht Jahrhunderte überlebt, um von jemandem wie Agnes vernichtet zu werden."

In diesem Moment hörten sie Schritte hinter sich – leise, gedämpft, aber deutlich. Sofort erstarrten beide, witterten die Luft, und Eva spürte, wie sich ihre Sinne schärften, wie das Adrenalin durch ihren Körper strömte. Sie tauschten einen kurzen, bedeutungsvollen Blick und drehten sich dann wie in einem synchronisierten Tanz um.

Eine schlanke, hochgewachsene Gestalt stand im Schatten der nahen Bäume – und sie wusste sofort, dass es Lucien war. Er trat vor, mit diesem typischen selbstgefälligen Lächeln, das nichts Gutes verhieß.

„Ah, wie reizend, euch beide hier zu finden", sagte er und blieb ein paar Schritte vor ihnen stehen. „Ich nehme an, das hier ist eure ... Geheimsitzung? Pläne schmieden, Intrigen spinnen?"

Eva schnaubte und verschränkte die Arme vor der Brust. „Du kennst uns doch, Lucien. Wir sind immer noch die Besten in diesem Spiel."

45

„Oh, zweifellos", erwiderte er mit einem schiefen Grinsen, und sein Blick wanderte zu Adam. „Aber ich frage mich, wie lange diese Allianz halten wird. Ihr seid nicht gerade ... harmonisch, nicht wahr?"

Adam erwiderte Luciens Blick kühl und mit einem leichten, herausfordernden Lächeln. „Mach dir keine Sorgen um uns. Wir kommen klar – auch ohne deine unnötige Einmischung."

Lucien lachte leise, das Lachen eines Mannes, der seine Gegner genau studierte. „Ich finde, eure Beziehung könnte durchaus eine Schwachstelle werden. Agnes wird das bemerken. Sie wird es nutzen."

Eva trat einen Schritt näher an Lucien heran und ihr Gesicht nahm eine gefährliche, amüsierte Miene an. „Vielleicht denkst du das nur, weil du es gerne sehen würdest. Aber was zwischen Adam und mir ist, geht dich nichts an."

Lucien legte den Kopf schief, und für einen Moment schien sein Lächeln weicher, fast bedauernd. „Ach, Eva. So eine Leidenschaft ... das ist gefährlich. Und Agnes – sie riecht das Blut in eurem kleinen Bündnis. Sie weiß, dass du Adam nie ganz vertrauen kannst."

Eva fixierte ihn, ihre Augen blitzten auf. „Und du bist also hier, um mich zu warnen, Lucien? Oder hast du deine eigenen Pläne, mich an meine angebliche Schwäche zu erinnern?"

„Warnen?" Er schüttelte langsam den Kopf und trat so nah an sie heran, dass sie seinen Duft wahrnehmen konnte – ein verführerisches Parfüm, das dunkle Erinnerungen an ihre gemeinsame Vergangenheit weckte. „Oh nein, Liebes. Ich bin hier, um mitzuspielen. Denn eines ist sicher – dieser Kampf endet blutig, und ich würde es mir ungern entgehen lassen."

Er trat einen Schritt zurück und ließ den Blick über beide gleiten, als würde er sich das Machtverhältnis zwischen ihnen ins Gedächtnis einprägen. „Wenn ich Agnes ablenken kann, wird sie blind für das, was wirklich passiert. Ich werde ihren Fokus verschieben, sodass ihr den entscheidenden Schlag ausführen könnt."

Eva spürte, wie Adam sich anspannte, und ihre Hand glitt unwillkürlich zu seiner, legte sich sanft auf seinen Unterarm. Sie sah Lucien fest in die Augen. „Einverstanden. Aber, Lucien – nur einen falschen Schritt, und du wirst es bereuen. Ich dulde keine Verräter." Lucien lächelte, ein amüsiertes, beinahe ehrliches Lächeln. „Ich wäre nicht hier, wenn ich euch verraten wollte." Dann blickte er in die Ferne, als könne er die Nacht in sich aufnehmen. „Agnes ahnt nichts. Sie glaubt, euch in der Hand zu haben. Das gibt uns die perfekte Gelegenheit."

„Dann lass uns keine Zeit verlieren", murmelte Adam, und seine Stimme trug eine dunkle Schärfe. „Die Nacht gehört uns, Lucien. Aber das Schachbrett werden wir nach unseren Regeln aufstellen."

Lucien nickte langsam, ein Schatten von Zustimmung huschte über sein Gesicht, und er verschwand in der Dunkelheit, ein Hauch von Geheimnis, der sich auflöste wie Rauch.

Eva und Adam standen allein zurück, die Anspannung und das Adrenalin spürbar zwischen ihnen. Die Stadt wirkte nun wie ein stummer Zuschauer, bereit, Zeuge eines Spiels zu werden, dessen Ausgang niemand vorhersagen konnte.

„Jetzt geht es los", sagte Eva schließlich leise, und ihre Augen glühten in der Dunkelheit. „Das wird unser Krieg, Adam. Und wir dürfen uns keine Fehler erlauben."

Er hielt ihre Hand fester, zog sie sanft zu sich und flüsterte, beinahe zärtlich: „Dann lass uns diesen Tanz vollenden, Eva. Bis zum bitteren Ende."

Kapitel 9

Die Nacht, die nun über ihnen lag, schien noch schwärzer, dichter und drückender, als sie es bisher gekannt hatten. Eva und Adam liefen stumm nebeneinander, jeder in Gedanken versunken, die unausgesprochene Anspannung zwischen ihnen wie ein unsichtbares Band, das sie beide hielt – und zugleich auf die Probe stellte.

„Also, was glaubst du?" Adam durchbrach schließlich das Schweigen, seine Stimme klang heiser, voller Bitterkeit und einem Hauch von Ironie. „Lucien, der große Helfer. Denkst du wirklich, er wird uns nicht in den Rücken fallen?"

Eva schenkte ihm ein trockenes Lächeln, das ihre Lippen kaum berührte. „Ach, Adam, sei doch nicht so pessimistisch. Wir wissen beide, dass Lucien keine Skrupel hat – aber genau das macht ihn berechenbar. Er wird sich zurückhalten, solange er glaubt, dass der größte Gewinn für ihn im Sieg über Agnes liegt. Und wenn er sich tatsächlich gegen uns wenden sollte ... nun, dann weißt du, dass ich vorbereitet bin."

Adam hob eine Augenbraue und musterte sie mit einem kühlen Lächeln, in dem ein Hauch von Anerkennung schimmerte. „Ach ja? Was hast du für diesen Fall geplant? Ein heimliches Bündnis mit einem der anderen Verrückten dieser Stadt? Vielleicht ein kurzer Anruf bei einem dieser alten Hexenzirkel, die dir einen Gefallen schulden?"

„Oh, Adam, du hast wirklich eine blühende Fantasie." Eva lachte leise, der Klang war dunkel und fast gefährlich. „Ich brauche keine alten Hexen und auch keine Verbündeten, um mit Lucien fertig zu werden.

Er vergisst immer wieder, dass ich ihn kenne. Vielleicht sogar besser, als er sich selbst kennt."

Sie hielt inne und wandte sich zu ihm, ihre Augen fixierten ihn mit einem intensiven Blick, der keinen Widerspruch duldete. „Und was uns betrifft – wir haben beide längst gelernt, dass Vertrauen ein gefährliches Spiel ist. Aber ich denke, wir sind uns einig, dass wir dieses Spiel bis zum Ende spielen."

Adam erwiderte ihren Blick, und für einen Moment schien alles, was zwischen ihnen stand – Misstrauen, alte Narben, die unerklärliche, unauslöschliche Anziehung – in diesem Blick gebündelt zu sein. „Du bist wirklich die Einzige, der ich zutraue, mit diesem Wahnsinn fertig zu werden, Eva."

Ein selbstzufriedenes, fast provokantes Lächeln zuckte über ihre Lippen. „Gut, dann sind wir uns einig." Sie nahm seine Hand, ein kurzer, überraschender Kontakt, doch ihre Finger fühlten sich kalt und bestimmt an, wie die einer Königin, die ihr nächstes Opfer auswählte.

Plötzlich wurden sie durch ein Geräusch aufgeschreckt – das leise Knacken eines Zweiges, das aus den Schatten zu ihnen drang. Beide erstarrten, ihre Sinne schärften sich, und Eva spürte, wie ihre Muskeln sich anspannten. Ohne ein Wort standen sie nebeneinander, die Augen in die Dunkelheit gerichtet, wie Raubtiere, die eine Beute im Visier hatten.

„Agnes", murmelte Adam schließlich leise, ein Schatten von Belustigung und Abscheu in seiner Stimme. „Na endlich zeigt sie sich."

Die Gestalt, die aus den Schatten trat, war tatsächlich Agnes, aber sie wirkte anders – irgendwie unberechenbarer, als hätten sich ihre inneren Dämonen verdoppelt. Ihre Augen blitzten vor Wut und unheilvollem Vergnügen, und ihr Lächeln war so scharf wie eine Klinge.

„Oh, wie rührend." Agnes' Stimme triefte vor Sarkasmus, und sie schlenderte auf die beiden zu, als wäre sie nur ein neugieriger Zuschauer und nicht die treibende Kraft eines drohenden Infernos.

„Meine beiden kleinen Verräter spielen also die Rolle des Liebespaares. Wie entzückend." Eva trat einen Schritt vor, ihren Blick fest auf Agnes gerichtet, und ein Hauch von Kälte legte sich über ihr Gesicht. „Spar dir das Theater, Agnes. Wir wissen beide, warum du hier bist."

„Ach wirklich?" Agnes hob spöttisch eine Augenbraue, ihr Lächeln verwandelte sich in ein selbstzufriedenes Grinsen. „Und warum, liebe Eva, sollte ich hier sein? Um deine letzte, jämmerliche Vorstellung mitzuerleben?"

Adam schnaubte, seine Augen voller Verachtung. „Wir haben dein kleines Spiel durchschaut, Agnes. Du glaubst, du könntest uns auseinanderreißen, uns gegeneinander ausspielen. Aber das, was du nicht verstehst – das, was du nie verstehen wirst – ist, dass du uns nichts nehmen kannst, was wir uns nicht bereits selbst genommen haben."

„Oh, wirklich?" Agnes' Lächeln erlosch, und in ihren Augen blitzte ein dunkler, fast krankhafter Zorn auf. „Du willst mir weismachen, dass ihr beide ... füreinander kämpfen würdet? Dass ihr euch tatsächlich ... vertraut?"

Eva trat noch näher an Agnes heran, bis sie sich fast berührten, und sie sah ihr direkt in die Augen, ihr Blick so kalt, dass selbst Agnes für einen Moment zu erstarren schien. „Glaub, was du willst, Agnes. Aber ich versichere dir, du hast keine Ahnung, wozu wir beide fähig sind, wenn es darum geht, jemanden wie dich auszulöschen."

Agnes lachte kurz auf, ein giftiges, bösartiges Lachen, das in der Dunkelheit widerhallte. „Auslöschen? Oh, Liebes, wie dramatisch. Ich hatte fast vergessen, wie theatralisch du sein kannst, Eva." Sie wandte sich an Adam, ihre Augen voller Verachtung. „Und du – du, der einst der unbezwingbare Krieger warst, stehst hier und lässt dir von ihr Befehle geben. Du bist erbärmlich."

Adam erwiderte ihren Blick mit einem eisigen Lächeln. „Ach, Agnes, das ist der Unterschied zwischen uns. Ich weiß, wann es klug ist, an der Seite der Stärkeren zu stehen. Etwas, das du nie verstehen wirst."

51

Agnes' Gesicht verhärtete sich, und in ihren Augen blitzte ein Funke von Unsicherheit auf, bevor er wieder in einer Welle des Zorns ertrank. „Ihr glaubt wirklich, ihr könntet mich ... betrügen? Mich, die jede eurer Bewegungen durchschaut, eure Gedanken kennt, eure ... Schwächen?"

Eva lachte leise und schüttelte kaum merklich den Kopf. „Oh, Agnes. Deine größte Schwäche ist dein Stolz. Du bist so besessen von deinem eigenen Glauben an deine Überlegenheit, dass du nicht siehst, wie wenig du wirklich kontrollierst."

Agnes' Lächeln schwand, und für den Bruchteil einer Sekunde spiegelte sich ein Anflug von Panik in ihrem Gesicht – ein flüchtiger Ausdruck, der sofort in blanken Hass überging. „Genug von euren Spielchen!" Sie machte einen Schritt auf die beiden zu, ihre Augen glühten vor unbändiger Wut. „Wenn ihr euch so sicher seid, dann zeigt mir, was ihr wirklich zu bieten habt."

Eva hob eine Hand, um Adam zu beruhigen, der sich sichtlich zum Angriff bereit machte, und trat noch einen Schritt näher an Agnes heran. „Du willst den Krieg, Agnes? Dann bekommst du ihn. Aber sei dir sicher, dass du nichts von uns mitnehmen wirst. Keine einzige verdammte Sache."

Agnes kniff die Augen zusammen, und für einen Moment war die Stille unerträglich. Dann, ohne ein weiteres Wort, wandte sie sich ab und verschwand in der Dunkelheit, ihre Silhouette verschmolz mit den Schatten, bis sie schließlich vollkommen unsichtbar wurde.

Eva und Adam standen reglos da, lauschten dem Klingen ihrer Schritte, bis die Stille der Nacht wieder über sie fiel. Die Anspannung löste sich, und beide ließen einen Moment der Ruhe über sich ergehen, bevor Eva langsam zu ihm aufsah.

„Sie hat Angst", murmelte sie leise, ein Schatten von Triumph in ihren Augen. „Vielleicht nur einen Moment lang, aber sie hat Angst."

Adam nickte, seine Lippen verzogen sich zu einem leichten Lächeln. „Dann haben wir einen Fuß in der Tür. Es ist nur noch eine Frage der Zeit."

Eva atmete tief durch und trat an seine Seite, ihre Augen glitzerten im schwachen Licht der fernen Straßenlaternen. „Wenn der Moment gekommen ist, Adam, werden wir bereit sein. Agnes wird fallen – und dann ..."

Adam legte eine Hand auf ihre Schulter, und sein Griff war warm und fest. „Dann kehren wir beide in den Schatten zurück, aus denen wir gekommen sind."

Eva nickte, ihre Augen leuchteten voller Entschlossenheit. „Bis dahin, Adam – keine Fehler. Wir müssen klüger sein als sie."

„Das waren wir immer schon", entgegnete er, und zum ersten Mal spürte sie, wie die Schwere von allem, was sie durchgemacht hatten, in seinen Worten widerhallte.

In dieser Nacht gingen sie Hand in Hand durch die Stadt, wie zwei Krieger auf dem Weg zu ihrer letzten Schlacht, und in der kühlen, schweren Stille der Nacht war ein stilles, unbändiges Versprechen zwischen ihnen, das sie beide antrieb – die unumstößliche Gewissheit, dass sie, egal wie dunkel die kommende Schlacht werden würde, am Ende diejenigen waren, die über das Schicksal ihres eigenen Krieges entscheiden würden.

Kapitel 10

Die ersten Strahlen der Morgendämmerung sickerten durch die dichte, graue Wolkendecke über San Francisco und tauchten die Stadt in ein fahles Licht, das alles unwirklich erscheinen ließ. Adam und Eva hatten die ganze Nacht über wach geblieben, ihre Schritte trugen sie durch die Straßen und Gassen, während das Spiel zwischen ihnen und Agnes in ihren Köpfen Gestalt annahm – ein tödliches Schachspiel, bei dem sie nur darauf warteten, ihren Zug zu machen.

Schließlich fanden sie sich in einem verlassenen Industriegebiet am Rand der Stadt wieder, wo sich die Betonbauten wie riesige graue Skelette vor ihnen aufragten. Der Ort war still, nur das leise Flattern eines zerfetzten Banners im Wind durchbrach die Stille.

„Interessant", murmelte Adam und ließ seinen Blick über die verlassene Szenerie schweifen. „Ein passender Ort für ein Treffen mit unserem ... Verbündeten, meinst du nicht?" Sein Tonfall war spöttisch, aber seine Augen waren scharf, wachsam, als erwartete er, jeden Moment eine Gestalt aus dem Schatten auftauchen zu sehen.

Eva legte den Kopf leicht zur Seite und erwiderte mit einem trockenen Lächeln: „Lucien schätzt solche Schauplätze. Sie geben ihm das Gefühl, dass er eine Art ... ‚dunkler Aristokrat' ist, der von seiner privaten Bühne aus beobachtet, wie sich das Chaos entfaltet."

„Aristokrat." Adam lachte leise, seine Augen blitzten vor Ironie. „Das ist die schmeichelhafteste Beschreibung, die ich je über ihn gehört habe. Ich würde eher sagen, er ist ein Parasit, der von jedem Chaos profitiert, das er nicht selbst verursacht hat."

Eva zuckte mit den Schultern und schenkte ihm ein amüsiertes Lächeln. „Ein Parasit, der sich als Verbündeter ausgibt, ist manchmal nützlicher als ein offensichtlicher Feind. Wir lassen ihn glauben, dass er die Fäden in der Hand hält – und am Ende wird er selbst in seiner eigenen Falle zappeln." In diesem Moment hörten sie das leise Echo von Schritten, das sich ihnen näherte. Lucien trat aus den Schatten eines verlassenen Gebäudes, sein Gesicht von einem selbstzufriedenen Lächeln umspielt. In der ersten Morgendämmerung wirkte sein Anblick unheimlich, fast unwirklich – als wäre er nur ein weiteres Echo aus der Vergangenheit, das sich in die Gegenwart geschlichen hatte, um seine eigenen Spiele zu spielen.

„Meine beiden Lieblingsverschwörer", begann er mit einem breiten Grinsen, seine Stimme triefte vor falscher Herzlichkeit. „Wie schön, dass ihr den Weg zu meiner bescheidenen kleinen Bühne gefunden habt."

Eva warf ihm einen unbeeindruckten Blick zu und verschränkte die Arme. „Lucien, erspar uns deine dramatischen Anspielungen. Wir sind hier, um einen Plan zu schmieden, nicht um deine Eitelkeit zu bewundern."

„Oh, Eva", antwortete Lucien mit gespielter Verletztheit, „du weißt, dass ich stets ein bisschen Theatralik schätze. Die Welt ist schließlich schon düster genug – warum also nicht ein wenig Flair hinzufügen?" Er grinste und trat näher, sein Blick glitt zwischen Eva und Adam hin und her, als suchte er nach einer Schwachstelle in ihrer Allianz.

Adam schnaubte und verschränkte die Arme vor der Brust, sein Blick bohrte sich kalt in Luciens. „Lass das Schauspiel, Lucien. Du bist hier, weil du genau weißt, dass Agnes dich genauso auslöschen wird wie uns, wenn es ihr in den Kram passt. Also hör auf, dich als Retter aufzuspielen."

Lucien hob die Augenbrauen und lachte leise, doch in seinen Augen lag ein Funken kühler Berechnung. „Ah, wie schnell du das Eis brichst, Adam. Aber du hast recht – Agnes hat ihre eigenen Pläne, und wenn wir uns nicht zusammentun, wird sie uns nacheinander zerlegen." Sein Blick glitt über die leeren Gebäude, und seine Stimme senkte sich zu einem Flüstern. „Aber was ihr nicht wisst, ist, dass Agnes nicht allein ist."

Eva spürte, wie sich eine kalte Anspannung in ihr breit machte, doch sie behielt die Fassade aus Gelassenheit aufrecht. „Wie meinst du das, Lucien? Wen hat sie noch rekrutiert?"

Lucien lächelte schief und fuhr sich mit einer fast theatralischen Geste durch das Haar. „Sagen wir einfach, dass sie sich Unterstützung aus den höchsten Kreisen geholt hat. Ein gewisser Rat von... Älteren, die an Stabilität interessiert sind – an der alten Ordnung, die wir alle so fleißig zerstören. Sie wollen keine ... Revolution."

Eva presste die Lippen zusammen, während ihre Gedanken rasten. Der Rat der Älteren – ein geheimer Zirkel uralter Vampire, die seit Jahrhunderten unauffällig die Fäden zogen und jede Bedrohung, die ihr Machtgefüge störte, gnadenlos eliminierte. Wenn Agnes tatsächlich ihre Unterstützung hatte, dann war die Gefahr größer, als sie gedacht hatten.

„Das macht die Sache ... interessanter", murmelte Adam, seine Stimme klang ruhig, doch in seinen Augen glomm ein unheilvolles Licht. „Agnes glaubt also, sie hätte den Rat auf ihrer Seite?"

Lucien nickte und ließ seinen Blick auf Eva ruhen. „Oh ja. Sie denkt, sie sei unantastbar, geschützt von einer alten Macht, die uns allen überlegen ist. Doch das, was sie nicht versteht, ist, dass der Rat nichts weiter ist als ein Haufen von Relikten, die sich in die eigene Paranoia verstrickt haben. Sie werden Agnes fallen lassen, wenn sie nur den Hauch einer Schwäche zeigt."

Eva lächelte kühl. „Dann ist das unser Vorteil. Agnes mag ein Biest sein, aber sie ist auch instabil. Wenn wir den Rat glauben lassen, dass sie außer Kontrolle gerät, werden sie sie selbst vernichten."

Lucien klatschte in die Hände und lachte leise. „Bravo, Eva. Du hast genau das Schachbrett durchschaut, auf dem wir spielen. Der Rat ist eine Maschine der Kontrolle – sie werden alles tun, um jede Bedrohung auszumerzen. Alles, was wir tun müssen, ist, ihnen zu zeigen, dass Agnes mehr Chaos bringt, als sie jemals bändigen könnten."

Adam warf Eva einen bedeutsamen Blick zu, und in seinen Augen lag ein Ausdruck von Anerkennung und Entschlossenheit. „Das könnte funktionieren. Aber das bedeutet, dass wir Agnes direkt konfrontieren müssen – und zwar so, dass sie ihre Fassade verliert. Wir müssen den Rat sehen lassen, wer sie wirklich ist."

„Und wie genau plant ihr, sie dazu zu bringen?" fragte Lucien mit einem belustigten Lächeln, als sei dies alles ein amüsantes Schauspiel für ihn. „Agnes ist nicht so dumm, wie ihr vielleicht denkt. Sie wird nicht einfach zusammenbrechen."

„Sie wird es", erwiderte Eva mit einem gefährlichen Funkeln in den Augen, „wenn wir sie von innen heraus zerstören. Sie ist nicht unbesiegbar – sie ist wütend, ungeduldig und gierig. Wenn wir sie isolieren, wird sie die Kontrolle verlieren."

Adam trat näher und fixierte Lucien mit einem durchdringenden Blick. „Und das ist deine Rolle, Lucien. Du wirst ihr Vertrauen gewinnen, sie in Sicherheit wiegen – und wenn der Moment gekommen ist, wirst du sie verraten."

Lucien hob eine Augenbraue und lachte spöttisch. „Ach, so einfach? Ihr glaubt, ich könnte sie so leicht verraten? Agnes ist ... schwieriger zu täuschen, als ihr denkt."

„Ach, bitte, Lucien", entgegnete Eva mit einem herablassenden Lächeln, „wir wissen beide, dass du nur so loyal bist, wie es für dich bequem ist. Du bist ein Opportunist – und das ist genau das, was wir brauchen."

Lucien lachte, ein leises, dunkles Lachen, das in der Stille widerhallte. „Ihr habt wohl recht. Ich werde Agnes so nah kommen, wie sie mich lässt, und ihr genau das Gefühl geben, das sie am meisten fürchtet – Sicherheit." Er lehnte sich näher zu Eva und Adam, sein Lächeln ein seltsames Gemisch aus Ironie und Zustimmung. „Aber seid euch bewusst – wenn wir verlieren, werde ich euch beide fallen lassen. Ich bin nicht der Typ, der für andere stirbt."

Adam lächelte kalt und legte eine Hand auf Luciens Schulter, sein Griff war fest, fast drohend. „Oh, Lucien, keine Sorge. Wenn du uns verrätst, wirst du nicht einmal die Zeit haben, es zu bereuen."

Lucien musterte Adam einen Moment lang, seine Augen glitzerten vor düsterem Vergnügen, bevor er sich abrupt losmachte und einen Schritt zurücktrat. „Dann sind wir uns einig." Er neigte leicht den Kopf und verschwand im Schatten, eine Spur von Unruhe und Dunkelheit in seinem Blick, die ihnen beiden das Gefühl gab, dass das Spiel gerade erst begonnen hatte.

Eva und Adam blieben allein zurück, die ersten Sonnenstrahlen kämpften sich durch die Wolkendecke und tauchten das verlassene Gelände in ein fahles, unwirkliches Licht.

„Das ist es also", sagte Adam schließlich leise, seine Stimme klang rau. „Ein Bündnis mit dem Teufel. Oder mit einem Mann, der dem Teufel zumindest sehr nahe kommt."

Eva schloss kurz die Augen, ihre Hände zitterten leicht, doch sie hielt die Maske der Kontrolle aufrecht. „Wir haben keine Wahl, Adam. Wenn wir überleben wollen, müssen wir alles riskieren."

Adam nickte, und eine finstere Entschlossenheit spiegelte sich in seinem Gesicht. „Dann lass uns dafür sorgen, dass dieses Spiel nach unseren Regeln endet."

Sie sahen sich an, eine unausgesprochene Einigkeit lag in der Luft, und als sie gemeinsam in die Dämmerung hinaustraten, wussten sie

beide, dass die kommende Schlacht keine Sieger zurücklassen würde –
nur Überlebende.

Kapitel 11

Die kommenden Nächte waren erfüllt von Spannung und Täuschung, jeder Moment ein Schritt auf einem schmalen Grat zwischen Vertrauen und Verrat. Adam und Eva spielten das Spiel, das sie sich selbst auferlegt hatten – ein Spiel aus Intrigen und riskanten Allianzen. Lucien bewegte sich dabei wie ein Raubtier in der Dunkelheit, immer in Reichweite, und doch nie greifbar, seine Rolle als Doppelagent nahezu makellos.

Evas Gedanken kreisten unablässig um den Plan, um jeden Zug, den sie gegen Agnes machen mussten, um ihre Fassade zum Einsturz zu bringen. Doch in den wenigen ruhigen Momenten, in denen sie Adam allein traf, spürte sie, wie sich etwas veränderte – eine alte Wärme, die sie beide einst miteinander verbunden hatte, schien in den Schatten der Nacht erneut aufzuleben.

Es war eine dieser Nächte, als sie sich in einem verlassenen Loft trafen, hoch über den Lichtern der Stadt, abgeschirmt von neugierigen Augen. Die Fenster des Lofts standen weit offen, die kühle Nachtluft drang herein, und die Geräusche der Stadt drangen nur gedämpft bis zu ihnen. Adam stand am Fenster, sein Blick starr auf die funkelnde Skyline gerichtet, die Hände in den Taschen vergraben.

„Schon bald", murmelte er, ohne sich zu ihr umzudrehen, „wird es vorbei sein. Dann werden wir entweder gewonnen haben – oder wir werden endgültig verloren sein."

Eva trat neben ihn, den Blick ebenfalls auf die Stadt gerichtet, doch in ihren Augen lag eine Entschlossenheit, die stärker war als jeder

Zweifel. „Wir werden nicht verlieren, Adam. Nicht gegen Agnes – und schon gar nicht gegen den Rat."

Adam schnaubte leise, und ein bitteres Lächeln spielte um seine Lippen. „Das sagst du so selbstbewusst. Und doch ... habe ich das Gefühl, dass wir mit jeder Nacht tiefer in ihr Netz gezogen werden."

Eva drehte sich zu ihm, ihre Augen scharf und durchdringend. „Ist das die Stimme der Angst, Adam? Seit wann fürchtest du dich vor einem Kampf?"

Er wandte sich ihr zu, und in seinen Augen lag ein Ausdruck, der etwas Altes und Verletzliches in ihr zum Klingen brachte. „Ich fürchte mich nicht vor Agnes oder dem Rat, Eva. Aber ... ich fürchte, dass wir uns selbst verlieren könnten, wenn wir weiter gegen unsere eigenen Dämonen kämpfen. Es ist ein Krieg auf zwei Fronten, und wenn ich eines gelernt habe, dann dass man im Kampf gegen sich selbst oft den größten Preis zahlt."

Eva hielt seinem Blick stand, und für einen Moment schien die Dunkelheit zwischen ihnen zu vibrieren. Sie spürte die alten Wunden, die unausgesprochenen Worte, die sie beide wie einen Fluch begleiteten. „Und wenn wir diesen Preis zahlen müssen, um zu gewinnen? Wirst du dazu bereit sein?"

Er trat einen Schritt auf sie zu, sein Blick blieb auf ihr haften, seine Augen glühten in der Dunkelheit. „Wenn ich wüsste, dass du an meiner Seite bleibst, würde ich alles riskieren. Aber du und ich, Eva ... wir sind zu ähnlich. Wir haben uns schon einmal zerstört – und wer sagt, dass wir uns nicht diesmal endgültig verlieren?"

Eva lachte leise, ein dunkles, trauriges Lachen. „Ach, Adam. Vielleicht sind wir nie dazu bestimmt gewesen, einander zu finden. Vielleicht sind wir tatsächlich ... unsere eigene Hölle."

Adam trat noch näher, bis er nur noch einen Atemzug von ihr entfernt war, seine Hand hob sich, zögernd, als ob er sie berühren wollte, es aber nicht wagte. „Und doch", flüsterte er, „bleibst du die Einzige, die ich in dieser Hölle bei mir haben will."

Eva spürte, wie die Worte durch ihre Rüstung drangen, jede Verteidigung niederbrannten, die sie sich je aufgebaut hatte. Ihre Finger glitten sanft über seine Wange, ein leises Zittern durchlief sie. „Adam ... vielleicht ist das die einzige Wahrheit, die uns bleibt."

Er ergriff ihre Hand und zog sie sanft zu sich heran, bis sie spürte, wie sich seine Kälte mit ihrer eigenen Wärme vermischte. Seine Lippen trafen ihre in einem Kuss, der so leise und doch so tief war, dass sie für einen Moment die Welt um sich vergaß. Es war ein Kuss, der all die unausgesprochenen Worte, all die Wunden und Sehnsüchte in sich trug. Ein Kuss, der sich anfühlte wie eine letzte Wahrheit, ein letzter Halt in einem Abgrund, der nur sie beide kannte.

Doch der Moment hielt nur einen Atemzug an, bevor sie sich beide mit einem gemischten Gefühl von Verlust und Klarheit voneinander lösten.

„Genug", murmelte Eva und zwang sich, die Kontrolle zurückzugewinnen. „Das hier ist eine Schwäche, die wir uns nicht leisten können."

Adam nickte, seine Stimme klang rau. „Vielleicht. Aber manchmal braucht es diese Schwäche, um sich daran zu erinnern, warum man kämpft."

„Und das ist, woran wir uns halten werden", erwiderte sie leise, als sie sich von ihm abwandte, den Blick wieder auf die nächtliche Skyline gerichtet. „Denn sobald wir gewinnen, ist alles möglich."

In diesem Moment ertönte ein leises Klingeln – eine Nachricht, die auf Evas Handy einging. Sie griff in ihre Tasche, und als sie den Absender las, runzelte sie die Stirn. „Es ist von Lucien."

Adam trat näher und sah über ihre Schulter auf das Display. Die Nachricht war kurz und kryptisch:

„Heute Nacht. Dach des alten Kinos. Kommt allein."

Eva starrte auf die Worte, ihre Gedanken rasten. „Er will ein Treffen. Allein ... das klingt nach einer Falle."

„Oder nach einer Gelegenheit", erwiderte Adam, seine Augen funkelten. „Wenn Lucien sich plötzlich melden muss, ist etwas im Gange. Vielleicht haben wir den Moment gefunden, in dem sich seine Maskerade lichten wird."

„Aber was, wenn er uns verrät? Was, wenn Agnes ihn bereits gegen uns ausgespielt hat?" Evas Stimme war leise, eine seltene Note von Zweifel schwang darin mit.

Adam legte ihr eine Hand auf die Schulter und zog sie mit einem festen, fast beruhigenden Griff zu sich. „Wenn das eine Falle ist, dann sollten wir die Falle für uns nutzen. Lucien glaubt, dass er uns überlisten kann. Aber vielleicht ist dies der Moment, in dem er selbst zu schwanken beginnt."

Eva nickte, und eine neue Entschlossenheit blitzte in ihren Augen auf. „Dann werden wir das Treffen annehmen. Doch dieses Mal werden wir das Spiel auf unsere Art führen."

Als die Nacht tiefer wurde, verließen sie das Loft und machten sich auf den Weg zum alten Kino, das wie ein Schatten aus längst vergangenen Zeiten am Stadtrand lag. Die verwitterte Fassade war kaum noch zu erkennen, und die leere Straße vor dem Gebäude wirkte wie eine Einladung zu einer dunklen Zeremonie.

Sie betraten das Kino und folgten den schmalen Gängen bis zum Dach, ihre Schritte hallten leise in der Stille wider. Als sie das Dach erreichten, stand Lucien bereits dort, die Hände lässig in den Taschen, sein Gesicht in einem selbstzufriedenen Lächeln verborgen.

„Ihr seid wirklich gekommen", rief er und seine Stimme hallte in der kühlen Nachtluft. „Das Vertrauen zwischen euch beiden scheint ... stabiler zu sein, als ich dachte."

Eva trat vor, ihre Augen fixierten ihn kalt. „Lucien, was willst du wirklich? Hör auf mit dem Theater."

Lucien grinste breit und zog eine Zigarette hervor, die er mit ruhigen, genüsslichen Zügen anzündete. „Ich will nur helfen, Liebes. Agnes hat Pläne, die euch beide zerstören werden, das wisst ihr. Aber ich kann euch helfen, sie zu vereiteln – wenn ihr bereit seid, meine Bedingungen zu akzeptieren."

Adam trat einen Schritt vor, seine Augen scharf und misstrauisch. „Und was genau sind deine Bedingungen, Lucien? Was verlangst du für deine ‚Hilfe'?"

Lucien lächelte süffisant, als hätte er genau auf diese Frage gewartet. „Ganz einfach: Wenn das Spiel vorbei ist, werdet ihr beide aus der Stadt verschwinden. Für immer. Keine Spur, keine Erinnerung. San Francisco wird mein Revier sein."

Eva schnaubte und verschränkte die Arme, ein bitteres Lächeln auf den Lippen. „Dein Revier? Glaubst du wirklich, dass wir unsere Leben von dir bestimmen lassen werden?"

Lucien lachte, ein leises, fast beiläufiges Lachen, das in der Nacht widerhallte. „Ich denke, ihr beide habt keine Wahl. Agnes wird euch jagen, bis nichts mehr von euch übrig ist – und ohne meine Hilfe werdet ihr diesen Krieg verlieren."

Eva und Adam tauschten einen kurzen, bedeutungsvollen Blick. Die Luft zwischen ihnen war wie elektrisch geladen, als sie sich wortlos einigten.

„Gut, Lucien", sagte Adam schließlich, und sein Ton war kalt und ruhig. „Wir akzeptieren deine Bedingungen. Aber unterschätze uns nicht."

Lucien lächelte triumphierend und trat zurück, seine Augen blitzten vor Vergnügen. „Oh, das würde ich niemals tun."

Er drehte sich um und verschwand in der Dunkelheit, ließ Eva und Adam allein auf dem Dach zurück, die Stille der Nacht erdrückend und voller unausgesprochener Drohungen.

Eva sah zu Adam und in ihren Augen lag eine dunkle Entschlossenheit. „Lucien glaubt, er hätte uns in der Hand. Aber wir werden dafür sorgen, dass er sich an diesen Irrtum erinnern wird."

Adam lächelte, ein gefährliches Lächeln, das ein Versprechen barg. „Dann sollten wir ihn in Sicherheit wiegen ... bevor wir zuschlagen."

Und so beschlossen sie, den nächsten Zug zu machen – einen Zug, der das tödliche Spiel zwischen ihnen, Agnes und Lucien endgültig entfachen würde.

Kapitel 12

Die Nacht war kalt und still, ein klares Versprechen der nahenden Katastrophe. Auf dem Rückweg vom Kino blieben Eva und Adam für einen Moment unter einem hohen, unbarmherzig flackernden Straßenlicht stehen, das wie ein krankes Echo des Mondlichts über ihnen hing.

„Er glaubt wirklich, dass er uns in die Enge getrieben hat," murmelte Adam und schüttelte leicht den Kopf. „Wie unglaublich naiv."

Eva lachte leise, das Geräusch wie ein dunkles Glöckchen in der Nacht. „Das ist typisch Lucien. Selbstsüchtig, selbstgefällig und viel zu überzeugt von seiner eigenen Genialität. Er merkt nicht, dass er längst selbst in unserer Falle steckt."

„Wenn er wüsste, dass wir nur darauf warten, dass er Agnes den letzten Stoß versetzt." Adam sah nachdenklich die Straße hinunter, dann ließ er seinen Blick zurück zu Eva gleiten. „Aber wir brauchen mehr. Noch hält er sich zurück, noch glaubt er, dass er alles kontrolliert."

Eva nickte langsam, ihre Augen glitzerten kalt und berechnend. „Wir werden ihm ein bisschen... Dramatik liefern. Eine kleine Inszenierung, die ihm zeigt, dass Agnes gefährlicher ist, als er jemals dachte. Und dann lassen wir ihn den Rest erledigen."

„Ach, und wie stellen wir das an?" Adam legte eine Augenbraue hoch, sein Tonfall voller Ironie. „Laden wir sie beide auf eine kleine Theatervorstellung ein? Vielleicht eine Aufführung, in der wir als verräterische Verbündete auftreten?"

„Nein, etwas Besseres." Evas Lippen verzogen sich zu einem herausfordernden Lächeln. „Agnes lebt für die Zerstörung. Sie kann nicht anders. Also geben wir ihr eine Gelegenheit, all das zu entfesseln – und Lucien wird nichts anderes übrig bleiben, als sie zu verraten."

„Verlockend", murmelte Adam und ließ seine Hand fast beiläufig auf Evas Schulter ruhen. Doch sein Blick blieb ernst, konzentriert. „Aber wie genau bringen wir sie dazu, sich vollständig zu entblößen? Sie ist schlauer, als sie aussieht. Und sobald sie Verdacht schöpft..."

„Sie schöpft keinen Verdacht", unterbrach Eva ihn, ihre Stimme fest und entschlossen. „Dafür sorge ich."

Er sah sie aufmerksam an, und für einen Moment war das Knistern zwischen ihnen so greifbar, dass die Luft fast stillzustehen schien. „Was genau hast du vor, Eva?" Seine Stimme war leise, beinahe sanft, aber da lag ein dunkles Interesse darin.

Sie trat einen Schritt zurück, löste sich aus seiner Berührung, und ihr Lächeln war voller Geheimnisse und Verheißungen. „Ich werde mich in ihre Nähe begeben, sie in eine Szene der Kontrolle und des Vertrauens wiegen. Ich werde sie dazu bringen, mir ihre Pläne zu verraten – und dann wird sie, vor den Augen des Rates, alles verlieren."

Adam lachte leise, und in seinen Augen glomm ein Ausdruck von Faszination. „Du bist wirklich unverbesserlich, weißt du das? Aber wenn jemand Agnes so tief in ihr eigenes Spiel ziehen kann, dann du."

Eva warf ihm einen scharfen Blick zu, und ein schiefes Lächeln umspielte ihre Lippen. „Nur weil ich nicht bereit bin, mich mit Mittelmäßigkeit zufriedenzugeben." Sie trat wieder näher an ihn heran und ließ ihre Hand fast sanft über seine Brust gleiten. „Und du, Adam? Bist du bereit, dich auf ein solches Spiel einzulassen – ohne Angst vor den Konsequenzen?"

Er legte seine Hand über ihre, hielt sie fest und sah ihr in die Augen, als könnte er die Dunkelheit und die Hitze dahinter lesen. „Ich habe schon vor langer Zeit aufgehört, Angst zu haben. Zumindest vor allem, was nicht du bist."

Sie schwiegen, die Nacht um sie herum schien noch stiller zu werden, als würde die Stadt ihren Atem anhalten und die unausgesprochene Spannung in der Luft spüren. Eva löste sich langsam von ihm, ließ ihre Hand sinken, und ein Ausdruck von Entschlossenheit spiegelte sich in ihren Augen.

„Dann werde ich sie treffen – alleine. Agnes erwartet keine Allianz zwischen uns. Sie wird mich vielleicht als schwach betrachten, als einsame Exilantin ohne Rückhalt." Sie ließ das Lächeln um ihre Lippen verschwinden, ihre Augen verengten sich zu Schlitzen. „Aber das wird ihr Fehler sein."

Adam nickte langsam, ein finsteres Lächeln erschien auf seinen Lippen. „Und ich werde im Schatten bleiben. Die Überraschung wird umso größer sein, wenn sie merkt, dass du niemals allein warst."

Eva warf ihm einen letzten Blick zu, und in ihrem Blick lag etwas Dunkles, etwas, das ihre Augen wie Schatten umrahmte. „Mach dich bereit, Adam. Wenn wir heute Nacht anfangen, gibt es kein Zurück mehr."

„Es gab nie ein Zurück, Eva. Wir sind längst über die Grenze gegangen." Seine Worte hallten leise zwischen ihnen wider, und mit einem Nicken drehte sich Eva um und verschwand in die Nacht, ihre Schritte leise und bestimmt.

Ein paar Stunden später

Die vereinbarte Zeit rückte näher, und Eva stand auf einem leeren Dach in der Innenstadt, das leise Summen der Stadt drang nur gedämpft zu ihr hinauf. Der Ort war perfekt – isoliert genug, um jeden Zusammenstoß zu verbergen, aber zentral genug, dass Agnes es als bedeutungsvoll ansehen würde. Eine letzte, stille Einladung zum „Gespräch".

Ein leises Flüstern durchbrach die Stille, und Eva drehte sich um, als Agnes aus den Schatten trat. Sie bewegte sich geschmeidig, wie eine Raubkatze, die nur auf den richtigen Moment wartete, um zuzuschlagen. Ihre Lippen verzogen sich zu einem kalten Lächeln.

„Eva", sagte Agnes und musterte sie mit einem verächtlichen Blick. „Wie schön, dass du tatsächlich gekommen bist. Alleine."

„Ich komme alleine, weil ich keine Angst vor dir habe, Agnes." Evas Stimme war ruhig, selbstsicher, und sie hielt dem giftigen Blick der anderen Vampirin stand.

Agnes lachte leise, ein dunkles, hämisches Geräusch, das in der Nacht widerhallte. „Mutig. Oder eher töricht? Glaubst du wirklich, dass deine falsche Stärke mich beeindrucken wird?"

Eva hob eine Augenbraue, als ob sie sich amüsiert zeigte. „Oh, ich versuche gar nicht, dich zu beeindrucken. Aber es wäre töricht von dir, meine Entschlossenheit zu unterschätzen."

Agnes trat einen Schritt näher, ihr Blick brannte vor Verachtung und Spott. „Du bist wirklich erbärmlich, Eva. Du, die einst eine Königin war, eine Herrscherin – jetzt ein Schatten deiner selbst. Verloren in der Vergangenheit, die dich längst vergessen hat."

Evas Miene verhärtete sich, und ihre Augen verengten sich. „Ich mag vieles verloren haben, Agnes, aber eines habe ich nie verloren – die Fähigkeit, das Richtige zu tun, selbst wenn es schmerzt. Etwas, das du niemals verstehen wirst."

Agnes lachte erneut, diesmal schärfer, spöttischer. „Richtig? Das Richtige?" Sie trat noch näher, ihre Augen glitzerten gefährlich. „Du hast keine Ahnung von richtig oder falsch, Eva. Du bist genauso egoistisch, wie jeder von uns – du kämpfst nur, um dich selbst zu retten."

„Vielleicht", gab Eva leise zu, und in ihrem Blick glomm eine neue Härte auf. „Aber wenigstens kämpfe ich nicht allein. Ich habe Verbündete. Und das ist etwas, das du nie verstehen wirst – Loyalität."

Agnes' Augen blitzten auf, eine Spur von Misstrauen schlich sich in ihren Blick. „Verbündete?" Sie schnaubte, doch ihre Stimme zitterte leicht. „Du redest von diesem traurigen Anhängsel Adam? Der wird dir keinen Sieg bringen, Liebes. Er ist zu schwach, zu zerbrochen – genauso wie du."

Eva lächelte gefährlich und trat einen Schritt auf Agnes zu, ihre Stimme war kaum mehr als ein Flüstern. „Du verstehst es nicht, Agnes. Adam ist nicht mein Anhängsel – er ist derjenige, der mich stärker macht. Etwas, das du nie haben wirst. Die einzigen, die dir folgen, tun es aus Angst – nicht aus Loyalität."

Agnes funkelte sie wütend an, und die Muskeln in ihrem Gesicht zuckten vor Zorn. „Du wirst für diese Worte bezahlen, Eva."

„Dann mach doch den ersten Zug", flüsterte Eva, ihr Blick war einladend, fast spöttisch.

In diesem Moment fiel ein Schatten über sie, und eine zweite Gestalt trat aus der Dunkelheit hervor. Es war Lucien. Er schritt mit einer entspannten Gelassenheit auf die beiden Frauen zu, doch seine Augen waren eiskalt, berechnend.

„Was für ein köstliches Spektakel", sagte er in seiner gewohnt ironischen Manier, während er seine Hände in die Taschen schob. „Zwei alte Feindinnen, die endlich die Krallen zeigen."

Agnes fuhr zu ihm herum, ihre Augen voller Zorn. „Lucien! Was tust du hier?"

„Nur zuschauen, meine Liebe", erwiderte er lässig, ein kaltes Lächeln auf den Lippen. „Ich dachte, es wäre amüsant zu sehen, wer von euch beiden wirklich die Stärkere ist."

Agnes funkelte ihn an, ihre Augen schossen förmlich Blitze. „Du hältst dich aus diesem Spiel heraus, Lucien. Das hier ist zwischen mir und ihr."

„Oh, das denke ich nicht", antwortete Lucien leise, und in seinen Augen lag ein teuflisches Glitzern. „Ich habe meine eigenen Pläne, und die beinhalten, dass du auf deinen Platz verwiesen wirst, Agnes."

Evas Augen glitten zu Lucien, ein kurzes, triumphierendes Blitzen in ihrem Blick. Sie hatte gewusst, dass dieser Moment kommen würde. „Agnes, du bist in der Unterzahl. Und diesmal hast du niemanden, der dir zur Hilfe kommt."

Agnes' Gesicht verzerrte sich zu einer Fratze aus Wut und Angst, und für den ersten Augenblick seit langer Zeit schien sie ihre unerschütterliche Fassade zu verlieren.

Eva trat einen Schritt zurück, ihr Lächeln voller Siegesgewissheit. „Das ist das Ende, Agnes. Du hast dich selbst zerstört – genau so, wie wir es geplant haben."

Und in der Stille der Nacht, umgeben von den Schatten ihrer Vergangenheit und der drohenden Zukunft, begann der endgültige Kampf – ein Tanz auf Leben und Tod, der ihre Schicksale für immer verändern würde.

Kapitel 13

Die Nacht schien sich zusammenzuziehen, die Dunkelheit dichter und unheilvoller zu werden, während die Spannung zwischen den drei Gestalten auf dem Dach ins Unermessliche stieg. Agnes stand wie ein gefangenes Tier, ihre Augen flackerten zwischen Eva und Lucien hin und her, als würde sie fieberhaft nach einem Ausweg suchen. Doch Eva wusste, dass sie die Falle perfekt vorbereitet hatten. Agnes war zu stolz gewesen, zu überzeugt von ihrer eigenen Unantastbarkeit, um das Netz zu bemerken, das sich langsam um sie zusammengezogen hatte.

„Ihr denkt, ihr habt gewonnen, nicht wahr?" zischte Agnes, ihre Stimme zitterte vor Wut und unbändiger Verachtung. „Ein kleines Bündnis der Verzweifelten – was für ein armseliges Schauspiel."

Eva erwiderte nur ein kühles Lächeln und trat einen Schritt näher. „Armselig oder nicht, Agnes, du stehst allein. Siehst du es nicht? Deine Zeit ist vorbei. Der Rat hat deine instabile Natur längst erkannt, und sobald wir ihnen deine wahre Seite zeigen, wirst du nicht einmal einen Moment haben, dich zu verteidigen."

Agnes lachte, ein kaltes, bitteres Lachen, das in der Stille widerhallte. „Der Rat? Ihr glaubt wirklich, dass der Rat euch unterstützt? Oh, ihr Narren! Ich habe Verbindungen, die ihr euch nicht einmal vorstellen könnt. Der Rat ... der Rat ist nichts weiter als ein Instrument, das ich selbst kontrolliere."

Lucien trat nun ebenfalls näher, sein Gesicht zeigte ein selbstgefälliges Lächeln, das noch mehr Öl ins Feuer zu gießen schien. „Agnes, du warst schon immer gut darin, dir selbst Lügen zu erzählen.

Das macht dich so ... faszinierend vorhersehbar." Er musterte sie, als sei sie ein besonders interessanter Fall, und ließ jede Verachtung in seiner Stimme mitschwingen.

Agnes funkelte ihn an, ihre Fassade begann zu bröckeln, und in ihrem Blick lag ein Hauch von Unsicherheit – eine winzige, kaum wahrnehmbare Spur von Furcht, die sie noch angsteinflößender machte. „Lucien, du widerwärtiger Parasit", zischte sie, ihre Stimme bebte vor Hass. „Denkst du wirklich, dass ich deine kleinen Spielchen nicht durchschaut habe? Dass ich nicht weiß, wie du dich heimlich an die Ränder meines Machtbereichs geschlichen hast? Glaub mir, du wirst für deinen Verrat teuer bezahlen."

Lucien grinste nur und zuckte mit den Schultern. „Ach, Agnes, so dramatisch. Es ist fast, als hättest du tatsächlich geglaubt, dass dir noch jemand loyal ist. Niemand will sich einem Wrack anschließen, das bereit ist, sich selbst in den Abgrund zu reißen." Er warf Eva einen bedeutungsvollen Blick zu, und ihre stille Übereinkunft – das gemeinsame Wissen, dass sie den Moment der Wahrheit erreicht hatten – lag schwer zwischen ihnen.

„Genug von diesem Gerede", murmelte Eva kalt und trat vor Agnes, ihre Stimme ein scharfes Messer, das jede Hoffnung zerschneiden sollte. „Du wirst gehen, Agnes. Ob freiwillig oder nicht – das spielt keine Rolle. Aber du wirst hier nicht als Siegerin herausgehen."

Agnes' Gesicht verhärtete sich, und sie schien für einen Moment lang zu erstarren, als würde sie sich sammeln, tief Luft holen – und dann schoss sie mit einer Geschwindigkeit auf Eva zu, die selbst für einen Vampir atemberaubend war. Doch Eva war vorbereitet. Sie wich im letzten Moment aus und ließ Agnes ins Leere schlagen, während sie das Gleichgewicht verlor und sich wütend auf Lucien stürzte, der nur knapp ausweichen konnte.

„Ihr Narren!" schrie Agnes, ihre Stimme überschlug sich vor Hass, und ihre Augen funkelten wie die eines Raubtiers, das in die Enge getrieben wurde. „Glaubt ihr wirklich, dass ihr mir gewachsen seid? Ich

74

habe hunderte von Jahren überlebt, mächtigere Feinde besiegt als euch beide zusammengenommen!"

Lucien lachte, ein kurzes, dunkles Lachen. „Und trotzdem stehst du hier, Agnes, ganz allein, während wir uns verbündet haben. Dein Stolz war immer deine größte Schwäche."

Agnes stieß einen Wutschrei aus, und ihr Blick schien jeden Funken Verstand verloren zu haben. Sie stürzte sich erneut auf Eva, die diesmal keine Zeit hatte, auszuweichen. Die beiden Frauen stießen mit einer Gewalt aufeinander, dass der Boden unter ihnen erzitterte, und sie gingen beide zu Boden, während Agnes' Hände sich wie Klauen in Evas Schultern bohrten.

„Genug von deinen Lügen, Eva!" zischte Agnes, während sie Evas Kopf hart gegen den Betonboden drückte. „Du warst immer schwach. Immer zu weich für das Leben, das wir führen! Du hast geglaubt, du könntest mir etwas nehmen? Ich werde dich zerstören, Eva. Ich werde alles, was dir je wichtig war, vor deinen Augen in Flammen aufgehen lassen!"

Doch in diesem Moment traf Agnes ein Schlag von der Seite, und sie flog mit einem unmenschlichen Knall gegen die Wand. Adam stand da, die Augen glühend vor Entschlossenheit, während er sich in eine Verteidigungshaltung begab, bereit für das, was kommen würde. Er war unbemerkt auf das Dach zurückgekehrt und hatte den perfekten Moment abgewartet, um zuzuschlagen.

„Das reicht, Agnes", sagte Adam, seine Stimme war leise, doch voller kalter Wut. „Du hast zu lange das Spiel gespielt, in dem du die Kontrolle hattest. Jetzt bist du nichts weiter als ein Feind, den wir aus dem Weg räumen werden."

Agnes erhob sich langsam, ihre Augen funkelten voller Hass und Wahnsinn, und ein Lächeln verzog ihre blutigen Lippen. „Oh, Adam. Es ist fast ... rührend, wie ihr beide zusammensteht, als gäbe es so etwas wie ... Loyalität. Aber ich werde euch zeigen, dass nichts stärker ist als der pure, ungezügelte Wille zur Macht."

Lucien trat vor, sein Gesicht zeigte einen Ausdruck scharfer Entschlossenheit. „Das mag für dich gelten, Agnes. Aber Macht, die nicht kontrolliert wird, ist am Ende nichts als zerstörerische Leere."

Agnes schrie auf und stürzte sich auf Lucien, doch Adam und Eva waren schneller. Wie zwei Schatten, die ein perfekt eingespieltes Duett bildeten, griffen sie sie an, zogen sie zurück und hielten sie fest. Agnes wand sich, versuchte, sich aus ihrem Griff zu befreien, doch sie war in die Enge getrieben, und das Wissen um ihre Niederlage begann ihren Blick zu trüben.

„Du wirst hier enden, Agnes", flüsterte Eva, ihr Tonfall war triumphierend und eiskalt. „Und niemand wird sich an dich erinnern – außer als eine, die zu viel wollte und daran zugrunde ging."

Agnes brach in ein hysterisches Lachen aus, ihre Stimme überschlug sich vor Verzweiflung und Wut. „Ihr glaubt, ihr habt gewonnen? Ach, das ist erst der Anfang! Selbst wenn ihr mich vernichtet, werden andere kommen, die euch zerstören. Der Rat ..."

„Der Rat wird dich fallenlassen wie ein wertloses Spielzeug", unterbrach Lucien kühl, sein Blick voller Verachtung. „Und du bist dumm genug, das zu glauben. Du hast all deine Verbündeten verbrannt, Agnes. Niemand wird dich retten."

Agnes starrte ihn an, das hysterische Lachen wich einer entsetzlichen Stille, und in ihren Augen lag eine tiefe, schneidende Angst, die sie für einen Moment wie ein verängstigtes Kind erscheinen ließ. Doch sie riss sich zusammen und funkelte ihn ein letztes Mal voller Hass an.

„Wenn ihr glaubt, das sei mein Ende ...", flüsterte sie, ihre Stimme ein verzweifeltes Keuchen, „dann kennt ihr die Dunkelheit nicht, die ich entfesselt habe."

Mit diesen Worten ließ sie sich fallen, sackte in sich zusammen, und ein letzter, kalter Funke des Hasses erlosch in ihren Augen. Eva und Adam blieben über ihr stehen, ihre eigenen Atemzüge schwer und in der Kälte der Nacht gefangen, während Lucien nur lässig einen

Schritt zurücktrat, als hätte er gerade eine besonders langweilige Vorstellung beobachtet.

Für einen Moment stand eine seltsame, schwere Stille zwischen ihnen. Dann sah Lucien Eva und Adam an, sein Lächeln war ruhig und berechnend, als ob er gerade erst realisierte, wie viel Macht er durch diesen Sieg gewonnen hatte.

„Nun, meine Lieben", sagte er und klatschte die Hände wie zum Abschluss eines gelungenen Plans. „Ich würde sagen, unsere Zusammenarbeit war ... fruchtbar."

Eva sah ihn scharf an, und ein kalter Ausdruck glitt über ihr Gesicht. „Fruchtbar? Ja, Lucien, das war sie. Aber glaube nicht, dass wir dich aus den Augen lassen werden. Du magst der Nächste sein."

Lucien grinste und zuckte mit den Schultern. „Oh, ich liebe es, wenn du drohst, Eva. Aber mach dir keine Sorgen – ich bin kein Narr wie Agnes. Ich weiß, wann es an der Zeit ist, sich zurückzuziehen."

Mit einem letzten triumphierenden

Этот контент может нарушать нашу политику использования[1].

Мы поняли что-то неправильно? Пожалуйста, сообщите нам, поставив этому ответу знак неодобрения (палец вниз).

---

1.   https://openai.com/policies/usage-policies

Kapitel 14

Lächeln drehte sich Lucien um, sein Mantel wehte dramatisch in der Nachtluft, als er sich in Richtung der Treppe bewegte, die vom Dach führte. Doch bevor er ganz verschwinden konnte, erklang Evas Stimme, ruhig, aber scharf wie ein Messer, das durch die Dunkelheit schnitt.

„Lucien."

Er hielt inne, sein Rücken zu ihnen gewandt, die Andeutung eines ironischen Lächelns auf seinem Gesicht. Ohne sich umzudrehen, antwortete er: „Ja, Liebes? Noch ein Abschiedskuss?"

„Noch ein Wort der Warnung," entgegnete Eva kalt, ihre Augen verengten sich zu schmalen Schlitzen. „Du magst denken, dass du das Spiel gewonnen hast. Aber wir beide wissen, dass du derjenige bist, der hier mehr verloren hat, als du ahnst."

Lucien drehte sich langsam zu ihr um, sein Blick zeigte ein Amüsement, das nur schwer zu durchbrechen war. „Ach, Eva. Und was genau habe ich deiner Meinung nach verloren? Agnes ist besiegt, ich bin frei von ihrem Wahnsinn und, wie es scheint, von eurer lästigen Allianz. Das Spielfeld gehört nun ganz mir."

Adam trat einen Schritt vor, ein kaltes, bedrohliches Lächeln auf seinen Lippen. „Agnes mag ein Monster gewesen sein, aber sie war ein vorhersehbares Monster. Sie hat dich immerhin am Leben gelassen. Ob ich das auch tun werde, Lucien, liegt ganz an dir."

Lucien lachte leise, aber ein Hauch von Nervosität schlich sich in seinen Blick. „Seid doch nicht so dramatisch. Ihr habt Agnes bekommen, und ich habe euch dabei geholfen. Ein bisschen Dankbarkeit wäre angebracht, nicht wahr?"

Eva trat dicht an ihn heran, ihre Stimme war ein gefährliches Flüstern. „Dankbarkeit? Für was? Dass du wie ein Parasit in jeder Krise nach Profit gesucht hast? Nein, Lucien, wir sind nicht dankbar. Wir haben dich nur geduldet."

Ein Schatten huschte über Luciens Gesicht, und für einen kurzen Moment verlor er seine gelassene Fassade. „Ich bin kein Parasit", zischte er, eine unkontrollierte Wut blitzte in seinen Augen auf. „Ich habe genauso lange wie ihr gekämpft, überlebt – länger sogar. Ich habe mich dem Rat, den Gesetzen und all den verlogenen Moralvorstellungen widersetzt. Ich bin frei, weil ich niemals nach euren Regeln gespielt habe."

„Und was hat dir diese Freiheit gebracht?" fragte Adam, sein Tonfall triefte vor Verachtung. „Du stehst hier, allein, ohne Freunde, ohne Verbündete. Dein einziger Plan ist, dich selbst zu retten, indem du uns ausspielst. Und glaub mir – das werden wir nicht noch einmal zulassen."

Lucien schnaufte und seine Stimme war jetzt nichts mehr als ein kaltes Keuchen. „Ich brauche euch nicht. Es ist mir egal, was ihr von mir denkt."

Evas Augen glitzerten gefährlich. „Dann solltest du vorsichtig sein, Lucien. Denn wir haben viel gelernt in diesem Spiel. Vor allem, dass der größte Feind nicht der ist, der im Schatten lauert – sondern der, der glaubt, dass er die Macht über alles hat."

Lucien musterte sie schweigend, die Andeutung eines herausfordernden Lächelns umspielte seine Lippen, doch der Ausdruck in seinen Augen war wachsam. „Na schön", sagte er schließlich und hob die Hände in einer gespielten Geste der Kapitulation. „Seid gewarnt. Aber falls ihr jemals in eine echte Krise geratet – und glaubt mir, das werdet ihr – erinnert euch daran, dass ich immer die besseren Verbindungen hatte."

80

Mit diesen Worten verschwand er, seine Schritte hallten in der Dunkelheit wider, bis schließlich Stille eintrat. Eva und Adam blieben zurück, die Nacht hüllte sie in eine kühle Ruhe, während die letzten Schatten von Agnes und Lucien langsam verblassten.

Adam warf Eva einen bedeutungsvollen Blick zu. „Meinst du, wir werden ihn je loswerden?"

Eva schüttelte langsam den Kopf und lächelte bitter. „Lucien wird immer Teil unserer Geschichte sein. Ein Schatten, der uns folgt, weil er nicht anders kann. Aber das bedeutet nicht, dass er gewinnt."

Er lächelte, sein Blick voller Zärtlichkeit und Dunkelheit zugleich, und legte eine Hand auf ihre Schulter. „Dann lassen wir die Geister der Vergangenheit hinter uns. Ich glaube, es wird Zeit, dass wir ein neues Kapitel beginnen."

„Ein neues Kapitel?" Sie hob eine Augenbraue und ihr Lächeln hatte einen Hauch von Sarkasmus. „Was für einen Tonfall wird es haben? Tragisch? Romantisch? Oder beides?"

Adam zog sie sanft an sich heran, ihre Gesichter nur einen Hauch voneinander entfernt. „Vielleicht diesmal ... einen Neuanfang. Ohne Regeln, ohne die Last der Ewigkeit. Nur wir."

Sie sah ihn an, ihre Augen suchten die Seinen, und in diesem Moment schien die Last der Jahrhunderte von ihnen abzufallen, als hätte all das Kämpfen und Intrigieren sie zu diesem Augenblick geführt – zu einem Moment der stillen, bedingungslosen Nähe.

„Also", flüsterte sie, und ein Lächeln umspielte ihre Lippen, „ein Neuanfang. Nur wir."

Er zog sie in einen tiefen, verlangenden Kuss, der sich wie das erste echte Versprechen anfühlte, das sie je gemacht hatten – ein Versprechen, das in keiner List und keinem Spiel verpackt war.

Kapitel 15

Der Kuss zwischen Eva und Adam mag wie ein Ende wirken – ein Moment, der nach all dem Chaos und den Intrigen beinahe wie ein Stück Frieden erscheint. Doch gerade als die Nacht sich um sie legt und eine fast unheimliche Ruhe herrscht, spüren sie beide, dass noch etwas nicht stimmt.

Ein leises Geräusch, kaum mehr als ein Flüstern im Wind, lässt sie aus ihrem Moment der Nähe hochschrecken. Beide drehen sich gleichzeitig um, und in der Dunkelheit des Dachs, direkt an der Stelle, an der Lucien verschwunden ist, steht eine Gestalt – schlank, mit eisigem Blick und einem Lächeln, das selbst die Schatten gefrieren lässt.

Es ist niemand Geringeres als **Vincent**, einer der Ältesten des Rats, den sie beide längst für ein Relikt der Vergangenheit gehalten hatten.

„Ah, wie herzerwärmend", sagt Vincent mit einer Stimme, die wie ein kalter, sanfter Windhauch klingt, der jeden Rest von Wärme aus der Nacht vertreibt. „Zwei verlorene Seelen, die glauben, sie hätten ihr eigenes Spiel gespielt. Habt ihr wirklich gedacht, dass der Rat euch unbemerkt lassen würde? Dass wir nicht jede eurer kleinen, feigen Intrigen durchschaut hätten?"

Eva und Adam tauschen einen kurzen, wortlosen Blick, und in ihren Augen spiegelt sich ein stilles Einverständnis wider. Das war der wahre Kampf, der unausgesprochene Feind, der all die Zeit im Schatten gelauert hatte. Lucien, Agnes – sie waren nur die Vorboten eines viel größeren Spiels, das über ihre Köpfe hinweg geführt wurde.

„Vincent", sagt Adam, und in seiner Stimme liegt eine gefährliche Ruhe. „Ich dachte, deine Zeit sei längst vorbei. Der Rat besteht wohl darauf, uns seine Relikte aufzuzeigen."

Vincent lächelt spöttisch und tritt langsam auf sie zu, die Hände hinter dem Rücken verschränkt. „Oh, mein Junge, du hast keine Vorstellung davon, wie unsterblich wahre Macht sein kann. Ihr beiden habt die Grenzen der Geduld des Rats strapaziert – und damit auch die Grenzen eurer Freiheit."

Eva tritt einen Schritt vor, ihre Augen glitzern im fahlen Licht. „Ihr dachtet wohl, wir würden uns einfach fügen? So wie Agnes? Wir sind nicht hier, um euren Regeln zu folgen, Vincent. Und schon gar nicht, um uns wie eure Marionetten behandeln zu lassen."

„Marionetten, hm?" Vincent neigt den Kopf und betrachtet sie mit einem Blick, der ihr unter die Haut geht. „Ihr seid nicht einmal Marionetten, sondern zwei Funken, die längst hätten verlöschen sollen. Der Rat hat zu lange zugesehen, wie ihr das Gleichgewicht stört."

Ein Hauch von Panik flackert für einen Moment in Evas Augen, doch sie unterdrückt ihn sofort. Stattdessen hebt sie das Kinn und sieht Vincent herausfordernd an. „Wenn ihr uns aus dem Weg räumen wollt, dann versucht es doch. Aber seid gewarnt – wir beide haben nichts mehr zu verlieren."

Vincent lacht leise, ein kühles, tödliches Lachen. „Ihr denkt, das hier ist eine Herausforderung? Nein, Eva, das ist eine Entscheidung. Ihr habt zu viele Regeln gebrochen, zu viel Unordnung gestiftet. Der Rat gibt euch eine Wahl. Entweder fügt ihr euch – und kehrt zurück in die Schatten, die euch erschaffen haben. Oder ... ihr verschwindet endgültig."

Adam legt seine Hand sanft auf Evas Arm, als Zeichen, dass sie sich zurückhalten soll, doch seine Augen sind hart, glühend vor Widerstand. „Wir haben keine Wahl, Vincent, wenn das deine Vorstellung von Freiheit ist. Der Rat will uns kontrollieren, uns zu Werkzeugen machen. Und das werden wir niemals akzeptieren."

Vincent seufzt theatralisch und scheint beinahe amüsiert. „Na gut. Dann werden wir das Spiel zu Ende führen, meine Lieben. Ich hoffe nur, dass ihr beiden bereit seid, bis zum letzten Zug zu spielen. Denn der Rat hat keine Geduld mehr für Versager."

Und mit diesen Worten löst sich Vincents Silhouette in der Dunkelheit auf, als wäre er nur ein Schatten gewesen, ein Hauch von Macht, der sie für einen Moment berührt und ihnen den letzten Funken Hoffnung genommen hat.

Eva und Adam bleiben schweigend zurück, die kalte Erkenntnis in ihren Blicken. Der wahre Feind war nicht Agnes oder Lucien gewesen – es war der Rat, eine uralte, schattenhafte Macht, die immer im Hintergrund gewacht und darauf gewartet hatte, zuzuschlagen.

Adam bricht schließlich das Schweigen, seine Stimme klingt rau und entschlossen. „Diesmal sind wir allein, Eva. Und diesmal kämpfen wir bis zum bitteren Ende."

Eva legt ihre Hand auf seine, ihre Augen voller unausgesprochener Worte und eines Hauch von Trauer, aber auch von unbändiger Entschlossenheit. „Dann werden wir das Spiel neu schreiben. Wir lassen uns nicht von ihnen in den Schatten verbannen."

Er zieht sie in eine enge Umarmung, als wären sie in diesem Moment nur noch füreinander da, die Welt um sie herum verschwommen und irrelevant. Ein stilles Versprechen liegt in ihrem Griff, ein unausgesprochenes Gelübde, das stärker ist als jeder Eid: Sie werden kämpfen – gegen den Rat, gegen die Dunkelheit, die sie zu verschlingen droht – und sie werden es gemeinsam tun, bis zum letzten Atemzug.

Dies ist kein endgültiges Ende, sondern nur der Beginn des finalen, alles entscheidenden Kapitels ihres Schicksals.

Kapitel 16

Nachdem Vincent in der Dunkelheit verschwunden war, standen Eva und Adam noch einige Minuten reglos auf dem Dach. Die Kälte der Nacht kroch in ihre Knochen, doch beide spürten, dass das eigentliche Frösteln von etwas Tieferem herrührte – einer Erkenntnis, die sie beide nur ungern zuließen. Der Rat hatte sich offenbart, und die Illusion, sie hätten ihre Kämpfe selbst kontrolliert, war in sich zusammengefallen wie ein Kartenhaus.

„Erinnere mich daran," murmelte Adam schließlich, während sein Blick starr auf die Lichter der Stadt gerichtet war, „warum wir jemals geglaubt haben, dass das ein Spiel war, das wir gewinnen könnten."

Eva lachte trocken, ihre Augen funkelten im schwachen Licht, als hätte diese düstere Ironie sie nur noch entschlossener gemacht. „Wahrscheinlich, weil wir es so wollten. Ein kleiner Größenwahn gehört schließlich dazu, wenn man sich in ein Duell mit Unsterblichen stürzt."

„Ein Duell?" Adam sah sie schief an, seine Augen blitzten amüsiert. „Das ist kein Duell, Eva. Das ist eine Hinrichtung, bei der wir zufällig die Hauptdarsteller sind."

Eva schüttelte den Kopf und ließ ihre Hand flüchtig über seine Schulter gleiten. „Also schön, ein Duell der Verlorenen – klingt doch fast poetisch, oder? Der Rat glaubt, dass wir nur Figuren auf ihrem Schachbrett sind. Aber was, wenn wir das Spielfeld einfach ... verlassen?"

Adam zog eine Augenbraue hoch, und ein schiefes Lächeln spielte um seine Lippen. „Und du glaubst, der Rat würde uns einfach so ziehen lassen? Die werden uns eher jagen und aufspüren wie Tiere."

Eva sah ihn an, und in ihrem Blick lag eine glühende, dunkle Entschlossenheit. „Dann jagen wir sie zurück. Die Regeln haben wir ohnehin längst gebrochen. Zeit für ein neues Spiel – mit Regeln, die wir selbst aufstellen."

Ein Moment verstrich in angespannter Stille, während die Idee in ihren Gedanken Gestalt annahm. Ein neues Spiel. Ein Plan, der sie weit über das hinausführen würde, was sie sich je getraut hatten. Eva wusste, dass dies kein einfacher Aufstand werden konnte. Wenn sie gegen den Rat bestehen wollten, mussten sie alles opfern – und all ihre geheimen Verbündeten auf den Plan rufen.

„Und wie stellst du dir das vor?" Adams Stimme war ruhig, doch in seinen Augen lag ein Hauch von Resignation und gleichzeitig Neugier. „Wollen wir uns gegen die ältesten Vampire dieser Welt stellen und dann hoffen, dass sie uns einfach in Ruhe lassen?"

Eva lächelte kalt. „Nein, wir werden sie zwingen, uns in Ruhe zu lassen. Dazu brauchen wir Verbündete, die sogar Vincent fürchten würde."

„Aha." Adam verschränkte die Arme vor der Brust, seine Stimme triefte vor Ironie. „Lass mich raten, du hast heimlich Kontakt zu einem Zirkel uralter Hexen, die uns ihr gesamtes Arsenal aus Geheimwaffen zur Verfügung stellen?"

„Fast." Sie grinste triumphierend. „Ich kenne jemanden, der über Jahrhunderte Wissen über die Ältesten gesammelt hat. Jemanden, der längst ausgestiegen ist aus dem Spiel des Rates und nur darauf wartet, sie in Flammen aufgehen zu sehen."

Adam betrachtete sie skeptisch. „Und du glaubst, diese mysteriöse Quelle wird uns helfen – aus reinem Mitgefühl?"

„Kaum." Eva lachte leise und dunkel. „Aber er wird uns helfen, weil er genauso viel zu verlieren hat wie wir. Der Rat hat ihm vor

Jahrhunderten etwas genommen, das ihn für immer in den Schatten verbannte. Wenn jemand ein Motiv für Vergeltung hat, dann er."

„Und wer, bitte schön, ist dieser geheimnisvolle Rächer, der angeblich für uns kämpfen wird?" Adam betrachtete sie mit einem skeptischen, aber neugierigen Blick.

Eva ließ einen Moment vergehen, bevor sie antwortete, und ihre Stimme war kaum mehr als ein Flüstern, als sie endlich den Namen aussprach: „Magnus."

Ein Hauch von Überraschung flackerte in Adams Gesicht, und für einen kurzen Moment schien er fassungslos. „Magnus? Eva, das kann nicht dein Ernst sein. Der Typ ist eine Legende, ein Schatten. Angeblich lebt er nicht mal mehr in dieser Welt. Er soll..."

„Tot sein? Aufgegangen in einem Ritual, das ihn für immer in die Finsternis verbannt hat?" Eva nickte ruhig, und ihre Augen funkelten herausfordernd. „Genau das glaubt der Rat auch. Aber Magnus ist weder tot noch ein Mythos. Er existiert – und er hat mehr Grund als jeder andere, den Rat zu vernichten."

Adam schüttelte den Kopf, ein bitteres Lächeln auf den Lippen. „Du hast wirklich keine Grenzen, Eva, weißt du das? Was machst du als Nächstes – rufst die Geister der Unterwelt zu unseren Diensten?"

„Wenn es notwendig wäre, ja." Ihre Antwort war ernst, ohne einen Hauch von Sarkasmus, und in ihren Augen lag eine gefährliche Entschlossenheit, die Adam für einen Moment verstummen ließ.

„Also gut", murmelte er schließlich. „Wie kommen wir an diesen ... Magnus? Ich nehme nicht an, dass er in den Gelben Seiten steht."

Eva schnaubte amüsiert. „Natürlich nicht. Aber ich kenne jemanden, der mir einen Kontakt vermitteln kann. Jemanden, der sich abseits des Radars des Rates bewegt, weil er das perfekte Versteckspiel beherrscht."

„Und wer ist das?" Adam verschränkte die Arme und sah sie mit einem skeptischen Blick an. „Hoffentlich nicht noch ein Verräter, den wir dann auch wieder loswerden müssen."

„Keine Sorge", erwiderte sie kühl. „Es ist meine alte Freundin Mireille. Eine Alchemistin, die so alt ist wie Magnus selbst und die die Geheimnisse über die Ältesten hütet wie ihren eigenen Schatz."

„Mireille?" Adams Augen verengten sich. „Die Mireille, die die dunkle Magie der Alchemie fast zur Perfektion beherrscht? Die auch als ‚die Graue Hexe' bekannt ist?"

„Genau die." Eva nickte, und ein Hauch von Stolz mischte sich in ihren Blick. „Ich habe ihr vor Jahren das Leben gerettet, und sie schuldet mir noch immer einen Gefallen. Sie wird uns helfen, Magnus zu finden – und dann haben wir die besten Chancen, den Rat herauszufordern."

Adam ließ einen langen Moment verstreichen, und ein ironisches Lächeln zuckte um seine Lippen. „Wunderbar. Ein wahnsinniger Ex-Vampirkönig, der in der Finsternis lebt, und eine Hexe, die die Gesetze der Natur für ein Spielzeug hält. Hätten wir nicht einfach Lucien behalten können?"

Eva trat an ihn heran und legte eine Hand auf seine Brust, ihre Augen glänzten vor dunkler Vorfreude. „Lucien ist ein Amateur, verglichen mit dem, was wir jetzt entfesseln werden. Bist du bereit, Adam? Dies ist kein gewöhnlicher Kampf – das ist ein Krieg gegen alles, was uns je festgehalten hat."

Er sah sie einen Moment an, eine Mischung aus Zynismus und Entschlossenheit in seinem Blick. Dann neigte er sich zu ihr, sein Gesicht so nah, dass sie seinen Atem auf ihrer Haut spürte. „Ich bin bereit. Ich hoffe nur, dass du weißt, auf was wir uns hier einlassen. Denn wenn wir diesen Weg gehen, gibt es kein Zurück mehr, Eva. Der Rat wird uns nicht einfach davonkommen lassen."

Sie lächelte dunkel, und in ihrer Stimme lag ein Hauch von Triumph. „Ich erwarte nichts anderes. Aber diesmal werden wir sie in ihrem eigenen Spiel schlagen. Und wenn wir fallen ... dann wird es ein Fall sein, den die Welt nicht vergessen wird."

Sie tauschten einen letzten, bedeutungsvollen Blick, bevor sie das Dach verließen, und in dieser Stille lag das unausgesprochene Versprechen eines Sturms, der so groß war, dass selbst der Rat ihn nicht überleben würde.

Kapitel 17

Ein paar Nächte später fanden sich Eva und Adam in einer engen, düsteren Gasse im Herzen von Paris wieder. Hier, abseits des Glanzes der Champs-Élysées und verborgen vor den Augen der Normalsterblichen, lebte Mireille, die Graue Hexe – eine Frau, deren Ruf so finster und sagenumwoben war, dass selbst die ältesten Vampire sie mieden.

„Also, deine alte Freundin Mireille", murmelte Adam, während sie durch die schattigen Gassen schlichen. „Die Frau, die angeblich das Geheimnis des ewigen Lebens kennt und einst behauptet hat, das Blut von Engeln und Dämonen zu mischen?"

Eva warf ihm einen belustigten Seitenblick zu. „Ach, Adam, du klingst ja fast fasziniert. Ich wusste nicht, dass du an Märchen glaubst."

„Das kommt ganz darauf an", erwiderte Adam trocken. „Wenn das Märchen aussieht wie eine Mischung aus Hexenkunst und Wahnsinn, dann neige ich zu Interesse."

Eva unterdrückte ein Lächeln und blieb vor einem alten, massiven Eisentor stehen, das zu einem verfallenen Haus führte. Die Fenster waren staubig, und das Licht im Inneren flackerte, als hätte die Welt dort drinnen längst vergessen, was modernes Leben bedeutete.

„Hier sind wir." Eva legte eine Hand auf das Tor und schob es mit einem leisen Knarren auf. „Bereit für einen Besuch bei einer alten Freundin?"

Adam zuckte mit den Schultern, sein Gesicht zeigte einen Hauch von Zynismus. „Bereit ist relativ. Aber wenn sie wirklich so talentiert ist, wie du sagst, könnte sie unser einziger Weg sein, den Rat herauszufordern."

Eva nickte und führte ihn ins Innere des Hauses. Der Flur war dunkel und roch nach altem Holz und einer leichten Spur von Myrrhe und Eisenkraut – ein Duft, der tief in die düstere Magie der Alchemie verwoben war. Eva blieb stehen und rief mit fester Stimme: „Mireille! Ich hoffe, dein Besuch aus dem Schatten der Vergangenheit stört nicht."

Ein leises Lachen hallte durch den Raum, dunkel und ein wenig spöttisch. Eine Gestalt tauchte aus den Schatten auf, eine schlanke Frau mit grauem Haar, das wie Silber schimmerte, und Augen, die in einem unheimlichen Violett leuchteten. Mireille, die Graue Hexe.

„Eva." Ihre Stimme klang wie ein Raunen, ein Hauch von Geheimnissen, die die Zeit vergessen hatte. „Meine liebste Freundin aus vergangenen Zeiten. Du bringst einen Gast mit – und ich nehme an, er ist nicht hier, um Tee zu trinken."

Adam hob eine Augenbraue und musterte sie mit einem skeptischen Lächeln. „Schade. Ich hatte gehört, du würdest den besten Tee der Stadt servieren."

Mireille betrachtete ihn einen Moment lang, ihr Blick glitt über ihn, als könnte sie bis in seine tiefsten Geheimnisse sehen. „Oh, und du bist der legendäre Adam. Der, der sich von allen Fesseln gelöst hat und doch immer wieder in Ketten zurückkehrt."

Eva schnaubte und wechselte einen belustigten Blick mit Adam. „Mireille, lass den Wahrsager-Teil. Wir sind hier, weil wir deine Hilfe brauchen. Der Rat hat sich gegen uns gewendet, und wir müssen ... besondere Maßnahmen ergreifen."

Mireille lächelte, ein Ausdruck, der nicht ganz freundlich war. „Besondere Maßnahmen? Ach, Eva, du warst immer diejenige, die glaubte, über allen Regeln zu stehen. Was willst du also von mir?"

„Wir brauchen Magnus", sagte Eva ohne Umschweife, ihre Stimme fest. „Du weißt, dass er lebt. Und du weißt, wo er sich versteckt."

Mireilles Gesicht veränderte sich nicht, doch ihre Augen verengten sich zu Schlitzen. „Magnus? Ihr wollt Magnus in euren Kampf gegen den Rat ziehen? Wisst ihr, was ihr da verlangt?"

„Wir wissen, dass der Rat uns vernichten wird, wenn wir nichts unternehmen", erwiderte Adam, seine Stimme scharf. „Magnus ist unser letzter Trumpf. Er ist der Einzige, der den Rat in seiner eigenen Sprache herausfordern kann."

„Ihr seid also tatsächlich bereit, einen Mann zu erwecken, der seit Jahrhunderten im Schatten der Verzweiflung lebt?" Mireilles Stimme war ein leises, fast melancholisches Flüstern. „Magnus ist nicht mehr der, den ihr aus Geschichten kennt. Er hat alles verloren, seine Seele, seine Menschlichkeit – falls er jemals welche hatte."

Eva trat einen Schritt näher, ihre Augen fest auf Mireille gerichtet. „Das wissen wir. Aber Magnus ist ein notwendiges Risiko. Und ich glaube nicht, dass du eine bessere Option hast."

Mireille schloss die Augen für einen Moment, als ob sie in ihre eigenen Erinnerungen eintauchen würde, bevor sie langsam nickte. „Ihr spielt ein Spiel, das euch beide zerstören könnte. Aber wenn ihr Magnus unbedingt finden wollt..." Sie öffnete die Augen und sah ihnen fest entgegen. „Dann führt euch euer Weg tief in die Katakomben unter der Stadt. Dort, wo die alten Alchemisten ihre letzten Geheimnisse vergraben haben. Magnus hat sich dort in die Dunkelheit zurückgezogen – freiwillig oder nicht, das weiß nur er."

Eva nickte langsam, und ihre Augen leuchteten vor Entschlossenheit. „Danke, Mireille. Ich werde mich an diesen Gefallen erinnern."

Mireille schüttelte den Kopf, ihr Blick kühl und ein wenig resigniert. „Sei dir dessen gewiss, Eva. Denn falls ihr diesen Weg beschreitet, könnte ich die letzte Freundin sein, die ihr jemals haben werdet."

Adam trat näher und betrachtete Mireille mit einem forschenden Blick. „Noch eine Frage. Warum hilfst du uns? Ein Alchemist wie du bleibt normalerweise neutral – du mischst dich nicht in die Kämpfe der Vampire ein."

Mireille lächelte schmal, und in ihren Augen glitzerte ein Hauch von alter Bitterkeit. „Weil Magnus mir dasselbe genommen hat, was der Rat mir nahm. Und weil ihr ihm das einzige Geschenk bringen könnt, das er fürchtet: Erlösung durch einen endgültigen Sieg – oder ein endgültiges Ende."

Mit diesen Worten drehte sie sich um und verschwand im Schatten, als sei sie nie dort gewesen, nur ein Hauch von Myrrhe und Eisenkraut in der Luft blieb zurück.

Eva und Adam sahen sich an, und ein schweres Schweigen lag zwischen ihnen.

„Also gut", sagte Eva schließlich, ihre Stimme kaum mehr als ein Flüstern. „Der Weg führt in die Katakomben. Wir holen Magnus. Wir holen ihn aus der Dunkelheit zurück."

„Falls er zurückkehren will", entgegnete Adam leise. „Und wenn nicht...?"

Eva sah ihn an, ein schwaches, schiefes Lächeln auf den Lippen. „Dann überzeugen wir ihn. So oder so."

Sie machten sich auf den Weg, die Nacht war dicht und schwer, und als sie die verlassenen Straßen von Paris betraten, lag ein unheilvolles Flüstern in der Luft. Die Stadt schien sie aufzufordern, weiterzugehen – tiefer in die Geheimnisse, die unter den Straßen schlummerten und seit Jahrhunderten auf einen Moment wie diesen gewartet hatten.

Die Katakomben unter Paris waren ein Labyrinth aus Knochen und Schatten. Die Wände waren kalt, feucht, und der Boden war von einem modrigen Geruch durchdrungen. Eva führte den Weg mit entschlossenen Schritten, während Adam hinter ihr ging, seine Augen wachsam in jede Ecke gerichtet.

„Schon ein bisschen heimelig hier unten", murmelte Adam, seine Stimme triefte vor Ironie. „Wenn ich geahnt hätte, dass unser Schicksal zwischen faulenden Knochen entschieden wird, hätte ich mich besser angezogen."

Eva schnaubte leise und sah ihn über die Schulter an. „Ach, Adam. Ich dachte, du hättest ein Faible für das Dramatische. Aber ich kann dir sagen, wenn wir Magnus hier unten finden, wird das das Geringste sein, worüber du dir Sorgen machen solltest."

„Oh, danke für die aufmunternden Worte", erwiderte er trocken, während sie weiter in die Katakomben vordrangen, die Gänge wurden immer schmaler, die Dunkelheit dichter.

Nach einer Weile blieb Eva stehen und hielt inne. „Hier", flüsterte sie. „Mireille hat gesagt, wir sollen auf ein Tor achten, gezeichnet mit einem Symbol der alten Alchemie. Das Tor zu Magnus' ... Grab."

„Einladend." Adam beugte sich vor und entdeckte ein seltsames Zeichen, eingeritzt in den Stein – ein Kreis mit zwei gekreuzten Linien, das Symbol für das Alte und das Vergessene. Er sah Eva an und nickte. „Bereit?"

Sie holte tief Luft und trat vor, ihre Hand berührte das Zeichen, und das Tor öffnete sich mit einem langsamen, dröhnenden Knarren. Dahinter lag ein Raum, in dem die Schatten zu leben schienen, ein kaltes, unheimliches Licht erfüllte den Raum, und in der Mitte stand eine Gestalt, eingehüllt in einen alten Mantel, die Augen geschlossen, als wäre sie in einen ewigen Schlaf versunken.

„Magnus", flüsterte Eva, ihre Stimme war fest und zugleich voller Ehrfurcht. „Wir sind gekommen, um dich aus der Dunkelheit zu holen."

Langsam öffnete die Gestalt die Augen, und ein unheimliches, leuchtendes Blau durchbrach die Schatten. Magnus sah sie an, sein Blick ruhig und doch durchdrungen von einer Macht, die so alt war, dass selbst der Rat sie vergessen hatte.

„Eva. Adam", seine Stimme war ein tiefes, kaltes Raunen. „Ihr wollt also Krieg gegen den Rat führen? Ihr wollt sie herausfordern ... und das Schicksal selbst in die Hand nehmen?"

Eva nickte, ihre Stimme kaum mehr als ein Flüstern. „Ja. Wir wollen diesen Krieg gewinnen."

Magnus lächelte, und das Lächeln war ein Versprechen von Dunkelheit und Licht zugleich. „Dann sei es so. Aber wisst, dass jeder Krieg Opfer fordert. Seid ihr bereit, alles zu verlieren?"

Adam und Eva tauschten einen langen, entschlossenen Blick und nickten.

„Dann beginnt das Spiel", flüsterte Magnus, und die Schatten um sie herum schienen sich zu verdichten, als das Tor zur Dunkelheit endgültig geöffnet wurde.

Kapitel 18

Magnus' kaltes Lächeln schien sich in der Dunkelheit zu spiegeln, seine Augen funkelten wie das Leuchten von alten, verborgenen Flammen, die seit Jahrhunderten nicht mehr entfacht worden waren. Eva und Adam standen wie eingefroren, beide fasziniert und zugleich tief beunruhigt von der Macht, die von ihm ausging. Es war, als ob sie einen uralten Dämon heraufbeschworen hatten, der in Menschengestalt vor ihnen stand.

„Also, wie genau stellen wir das an, Magnus?" Adam verschränkte die Arme und musterte ihn skeptisch. „Ich nehme nicht an, dass du einfach in die Zentrale des Rats marschierst und höflich fragst, ob sie aufgeben wollen?"

Magnus lächelte, und sein Blick haftete sich mit einer Kälte an Adam, die fast greifbar war. „Ach, Adam, du warst schon immer der Pragmatiker. Nein, der Rat ist nicht zu Verhandlungen geneigt – und das ist auch nicht mein Stil. Ihr wollt den Rat zerstören? Nun gut, dann werden wir ihn von innen heraus zerbrechen."

Eva hob eine Augenbraue und trat einen Schritt näher, ihre Stimme zitterte vor neugieriger Spannung. „Was genau schwebt dir vor, Magnus? Der Rat hat Jahrhunderte überdauert. Jeder, der sich ihnen widersetzt hat, wurde vernichtet. Selbst du ..."

Magnus unterbrach sie mit einem belustigten Blick. „Selbst ich? Glaubst du wirklich, Eva, dass der Rat mich besiegt hat? Nein – ich bin gegangen, weil es mir gefiel. Ihre Regeln, ihre leeren Rituale – sie langweilen mich. Aber das bedeutet nicht, dass ich nicht noch einige Karten in der Hand halte, von denen sie nichts ahnen."

Adam schnaubte und schüttelte ungläubig den Kopf. „Also schön, Mister ‚Ich bin nur in Urlaub gegangen‘, verrat uns doch, was diese geheimen Karten sind."

Magnus trat näher und sah sie beide mit einem geheimnisvollen Lächeln an. „Der Rat stützt sich auf etwas sehr Fragiles – Loyalität. Sie glauben, dass ihre Gesetze und Drohungen ihre Anhänger an sie binden. Aber was, wenn jemand – oder besser gesagt, eine ganze Gruppe – plötzlich erkennen würde, dass der Rat keineswegs unbesiegbar ist?"

„Du willst also eine Revolte entfachen?" fragte Eva mit einem spöttischen Lächeln, ihre Augen glitzerten vor Erwartung. „Und wie genau machst du das? Die Anhänger des Rats sind fanatisch. Sie würden für sie sterben, wenn es sein muss."

Magnus nickte, sein Lächeln wurde kälter. „Richtig. Aber was, wenn der Rat ihnen seine eigene Sterblichkeit offenbaren würde? Was, wenn wir den Gedanken säen, dass der Rat nicht unsterblich und unantastbar ist, sondern verwundbar – genau wie jeder andere auch?"

Adam verstand sofort, ein gefährliches Glitzern trat in seine Augen. „Du willst also den Mythos zerstören, den sie so sorgsam aufgebaut haben. Ihnen das nehmen, was sie unantastbar erscheinen lässt."

„Genau." Magnus verschränkte die Hände hinter dem Rücken, seine Stimme war ruhig, doch in seinem Ton lag eine eiserne Entschlossenheit. „Wir werden die untersten Ränge aufhetzen, Zweifel streuen, die Loyalität derer erschüttern, die sie seit Jahrhunderten als selbstverständlich betrachten. Der Rat wird von innen zerbrechen – und dann kommen wir."

Eva musterte Magnus skeptisch. „Und du glaubst, dass dieser Plan aufgeht? Es ist riskant. Wenn auch nur einer der Anhänger des Rats Verdacht schöpft, werden sie uns verfolgen, bis wir nichts mehr sind als Staub im Wind."

Magnus lächelte gelassen. „Eva, das Risiko ist doch das Einzige, was das Leben aufregend macht, oder? Außerdem..." Er lehnte sich vor, und seine Stimme senkte sich zu einem dunklen, verheißungsvollen Flüstern. „...ich weiß Dinge über die Ältesten, die selbst ihre engsten Vertrauten nicht kennen. Geheimnisse, die ihre Macht untergraben, sie schwächen, wenn sie an die Oberfläche kommen. Sie sind wie eine Hydra – ein System, das von sich selbst lebt und zugleich an seiner eigenen Macht erstickt."

Adam hob eine Augenbraue. „Na gut, aber wenn du solche Geheimnisse hast, warum hast du sie dann nicht schon längst genutzt? Wozu brauchst du uns?"

Magnus' Lächeln verschwand, und für einen kurzen Moment zeigte sich ein Anflug von Melancholie in seinen Augen. „Weil ich selbst ein Teil dieses Systems war. Wenn ich gegen sie vorgehe, würde das jeden Zweifel sofort zerstören – ich brauche jemanden, der nicht vollständig in ihren Strukturen gefangen ist, der als unberechenbares Element die Regeln bricht. Und das seid ihr."

Eva nickte, ihr Blick blieb ernst und fest. „Also gut. Wir infiltrieren den Rat, wir säen Zweifel und brechen ihre Loyalität. Aber was dann? Wie zerstören wir etwas, das so tief verwurzelt ist, dass es selbst Jahrhunderte der Aufstände überlebt hat?"

Magnus lachte leise und schüttelte den Kopf. „Eva, du denkst immer noch zu klein. Der Rat ist wie ein Parasit – er lebt von der Macht seiner Ältesten, doch diese Macht ist nicht unerschöpflich. Ein einziger gezielter Schlag, wenn sie am schwächsten sind, wird sie vernichten."

„Und wie sollen wir das anstellen?" Adam verschränkte die Arme und betrachtete Magnus mit einem misstrauischen Blick. „Ich hoffe, du hast nicht vor, uns gegen eine ganze Armee von unsterblichen Kriegern antreten zu lassen."

„Das würde ich mir nie anmaßen." Magnus grinste, und in seinen Augen lag ein Funkeln, das an Wahnsinn grenzte. „Aber ich weiß von einem Ort, an dem sich ihre Macht konzentriert – eine Art Nexus, eine Quelle, aus der sie ihre Energie schöpfen. Der Rat hat vor Jahrhunderten einen uralten Altar errichtet, tief in den Katakomben unter dem Vatikan, ein Relikt, das selbst die Zeit überdauert hat. Zerstört den Altar – und die Ältesten werden geschwächt, verwundbar wie nie zuvor."

Eva schnaubte ungläubig. „Der Vatikan? Das Herz des Rats befindet sich direkt unter der Stadt des Glaubens? Wie passend. Als hätte der Rat sich einen besonders bitteren Witz erlaubt."

Adam lachte dunkel, und in seinem Blick lag eine Mischung aus Faszination und Ironie. „Wir brechen in den Vatikan ein, zerstören einen Altar, der die Energie der Ältesten speist – und dann? Ziehen wir uns zurück und hoffen, dass sie sich in die Luft jagen?"

„Nein." Magnus' Blick verfinsterte sich, und ein Hauch von Wut lag in seiner Stimme. „Sobald der Altar zerstört ist, werdet ihr sie jagen. Stück für Stück, bis nichts mehr von ihrem Einfluss übrig ist."

Eva tauschte einen langen, bedeutungsvollen Blick mit Adam. Sie wusste, dass das, was Magnus vorschlug, ein gefährliches Spiel war – eine Mission, die sie beide an ihre Grenzen und weit darüber hinaus treiben würde.

„Also gut", sagte sie schließlich und hob das Kinn. „Wir werden den Altar finden und ihn zerstören. Aber Magnus – falls du uns nur eine halbe Wahrheit erzählt hast, falls dies nur ein Spiel für dich ist..."

Magnus neigte leicht den Kopf, ein Hauch von Amüsement in seinen Augen. „Glaub mir, Eva, ich spiele immer ehrlich – zumindest mit denen, die ich als Verbündete betrachte."

Adam schüttelte leicht den Kopf, ein ironisches Lächeln auf den Lippen. „Das ist genau das Problem, Magnus. Wenn das dein ‚ehrliches' Gesicht ist, möchte ich nicht wissen, was passiert, wenn du uns verrätst."

Magnus trat zurück in die Schatten, seine Silhouette wurde eins mit der Dunkelheit. „Dann bleibt also nur noch zu sagen: Viel Glück, ihr beiden. Möge euer Mut größer sein als eure Zweifel – und eure Entschlossenheit stärker als jede Angst."

Mit diesen Worten verschwand er, und Eva und Adam blieben allein zurück, die Katakomben schienen plötzlich noch dunkler, die Stille noch erdrückender.

Eva atmete tief durch und sah Adam an, ein entschlossener Ausdruck in ihren Augen. „Wir haben keine Wahl. Dies ist der Weg, der uns bleibt."

Adam nickte langsam, und sein Blick ruhte fest auf ihr, als ob er sich ein letztes Mal vergewissern wollte, dass sie bereit war. „Dann machen wir uns bereit. Wir gehen zum Vatikan."

Sie tauschten einen Blick, der alles ausdrückte – die unausgesprochenen Ängste, die Entschlossenheit, die alten, fast vergessenen Gefühle, die trotz allem zwischen ihnen lagen. Sie würden diesen Weg gemeinsam gehen, bis zum bitteren Ende.

Mit festen Schritten verließen sie die Katakomben, die Stille schloss sich hinter ihnen wie ein Schleier, und in der Dunkelheit schien ein Flüstern zu lauern – eine leise Ahnung, dass sie sich in ein Spiel eingelassen hatten, das sie beide für immer verändern würde.

Kapitel 19

Die Reise zum Vatikan führte Eva und Adam durch Europa wie zwei Gejagte. Jede Stadt, jede Nacht war durchdrungen von dem Gefühl, dass unsichtbare Augen ihnen folgten. Der Rat, das war ihnen bewusst, hatte seine Spione überall, und ihr plötzlicher Plan, in das Herz der Ältesten einzudringen, hatte längst Verdacht erregt.

Sie erreichten Rom kurz vor der Dämmerung, die goldene Stadt lag ruhig und scheinbar friedlich unter ihnen. Doch sie wussten, dass dieser Ort ihnen keine Ruhe bieten würde. Der Vatikan war das letzte Bollwerk der Unantastbaren, und sobald sie die Tore der Katakomben erreichten, würden sie jedes Geheimnis und jede Sünde dieser uralten Macht freilegen.

„Nun, wie gehen wir vor?" Adam betrachtete den Petersdom, sein Gesicht zeigte eine Mischung aus Anspannung und schwarzem Humor. „Ich nehme nicht an, dass wir einfach hereinstolzieren und höflich nach dem Altar fragen."

Eva schnaubte leise und warf ihm einen belustigten Blick zu. „Nein, so einfach machen wir es uns nicht. Wir haben uns als Pilger verkleidet – wenn wir die richtigen Zugänge finden, sollten wir uns unauffällig bis zu den Katakomben durchschleichen können."

„,Pilger', hm?" Adam grinste, während er sich mit einem viel zu anständigen, unschuldigen Ausdruck in seiner Miene aufrecht hinstellte. „Glaubst du wirklich, irgendjemand wird mir das abkaufen?"

Eva lachte, und ihre Augen glitzerten vor Ironie. „Glaub mir, wenn du genug Selbstmitleid und verkniffene Moral auflegst, wirst du für jeden Gläubigen hier durchgehen."

„Sehr witzig." Adam rollte mit den Augen, bevor sein Blick wieder ernst wurde. „Und wenn wir drin sind? Wir haben keine Ahnung, was uns dort erwartet. Der Altar ist das Herzstück ihrer Macht – meinst du, sie haben ihn einfach offen zur Schau gestellt?"

Eva ließ ihren Blick über den majestätischen Dom schweifen, als ob sie die alten Mauern durchschauen könnte, und ihre Stimme klang fest. „Der Altar ist verborgen. Magnus hat gesagt, dass die Ältesten ihn tief unter den Katakomben versteckt haben – als wäre er das Tor zu einer dunklen Macht, die sie allein kontrollieren."

„Natürlich." Adam seufzte und sah sie schief an. „Wie konnte ich auch etwas anderes erwarten? Tief in den Katakomben unter dem Vatikan – genau mein Traumziel für einen romantischen Ausflug."

Eva schüttelte den Kopf, ein amüsiertes Lächeln auf den Lippen, und packte ihn am Arm. „Komm schon, Romantiker. Wir haben einen Altar zu zerstören und einen Rat, der sich in den Schatten versteckt. Bist du bereit?"

Adam sah sie einen Moment lang an, und etwas in seinem Blick war weicher, dunkler. „Mit dir? Immer."

Sie schlichen sich durch die stillen Gassen des Vatikans und fanden schließlich einen versteckten Zugang zu den Katakomben – ein Tor, das nur durch einen uralten Schlüssel zu öffnen war, den Eva durch eine vage bekannte Alchemie von Mireille erhalten hatte. Mit einem leisen Knarren öffnete sich das Tor, und sie traten in das kühle, feuchte Innere der Katakomben.

Die Dunkelheit war undurchdringlich, das leise Tropfen von Wasser und das Hauch von modrigem Stein waren die einzigen Geräusche, die sie umgaben. Die Wände waren dicht mit verwitterten Symbolen übersät – uralte Worte, die die Ewigkeit selbst zu beschwören schienen.

„Verlockend", murmelte Adam und ließ die Fingerspitzen über die eingeritzten Symbole gleiten. „Ich wette, diese Symbole haben seit

Jahrhunderten niemanden gesehen. Macht einen neugierig, was sich wirklich hier unten verbirgt."

„Bleib fokussiert." Eva zog ihn weiter, ihre Schritte lautlos und entschlossen. „Wir sind hier, um den Altar zu zerstören, und nichts weiter. Je schneller wir das erledigen, desto schneller können wir diesen Ort verlassen."

Adam grinste schief, seine Stimme triefte vor Ironie. „Ach, und ich dachte schon, du würdest hier ein paar Erinnerungsstücke für unser Wohnzimmer mitnehmen wollen."

Eva warf ihm einen kalten Blick zu, doch ein Hauch von Belustigung schlich sich in ihren Ton. „Wenn du ein Erinnerungsstück willst, kannst du dir eins nehmen, sobald wir diesen Altar in Schutt und Asche gelegt haben."

Der Gang führte sie tiefer in die Dunkelheit, und bald darauf erreichten sie eine massive Steintür, auf der ein uraltes, goldenes Emblem prangte. Es war das Symbol des Rats – ein Ring, durchzogen von Schlangen und Flammen, das Zeichen der endlosen Macht und des unausweichlichen Schicksals.

„Das ist es." Eva sah Adam an, ihre Augen glänzten vor Entschlossenheit und einem Hauch von Furcht. „Der Altar der Ältesten."

„Also, öffnest du die Tür, oder soll ich?" Adam warf ihr einen herausfordernden Blick zu, und Eva konnte das Zucken eines gefährlichen Lächelns auf seinen Lippen sehen.

„Zusammen", sagte sie ruhig, und gemeinsam legten sie ihre Hände auf die Tür, die unter ihrer Berührung wie durch einen unsichtbaren Befehl nachgab. Mit einem donnernden Knarren öffnete sich die Tür, und ein unheimliches, kaltes Licht fiel auf sie herab, als sie den Raum dahinter betraten.

Der Altar lag in der Mitte eines riesigen Raumes, in dessen Wänden unzählige Kerzen brannten, deren Licht ein unheimliches, lebendiges Flackern erzeugte. Der Altar selbst war ein Monument aus schwarzem Marmor, durchzogen von goldenen Linien, die pulsierend schimmerten, als ob eine uralte Energie durch ihn floss. Das Herz des Rats, das Zentrum all ihrer Macht.

„Beeindruckend", murmelte Adam und trat vorsichtig auf den Altar zu. „Und Magnus meint also, wir könnten das Ding einfach so zerstören?"

„Nicht einfach so", flüsterte Eva, und ihre Stimme war kaum mehr als ein Hauch. „Wir brauchen die richtige Formel, um den Altar zu brechen. Magnus hat mir etwas gegeben – eine Art Siegel, das die Energie des Altars umkehren soll."

Adam zog eine Augenbraue hoch, seine Skepsis unübersehbar. „Du willst mir also sagen, dass wir einen uralten Altar zerstören, indem wir ein ‚Siegel' anwenden? Klingt eher wie ein Märchen."

„Das könnte dir ganz recht sein", murmelte Eva trocken und zog ein altes, kleines Fläschchen aus ihrer Tasche, in dem eine dunkelrote Flüssigkeit träge hin und her schwappte. „Aber Magnus hat mir gesagt, dass dieser Trank – das ‚Blut der ersten Sonne', wie er es nennt – die Barriere der Ältesten durchdringen kann."

„Natürlich. Der Bluttrank der ersten Sonne. Warum nicht einfach?", seufzte Adam und schüttelte den Kopf, seine Stimme triefte vor Sarkasmus. „Und was machst du dann? Gießt ihn über den Altar und hoffst, dass das Ding explodiert?"

„Fast." Eva trat an den Altar heran und ließ das Fläschchen vorsichtig auf dem kalten Stein ruhen. „Magnus hat mir die Formel gegeben. Es ist ein Ritual, das die Energie des Rats gegen sie selbst wendet."

Adam beobachtete sie schweigend, während sie das Fläschchen öffnete und die Flüssigkeit in einer kleinen, präzisen Bewegung auf den Altar träufelte. Die Tropfen schimmerten auf dem schwarzen Marmor und begannen leise zu zischen, als ob die Energie des Altars von innen heraus aufgebrochen würde.

Plötzlich begann der Raum zu vibrieren, ein leises Grollen, das sich durch die Wände zog und die flackernden Kerzen erlöschen ließ. Die Linien des Altars begannen in einem unheilvollen Rot zu leuchten, und ein heiseres, tiefes Grollen erfüllte die Luft.

„Eva", murmelte Adam, seine Stimme war scharf und alarmiert. „Was hast du getan?"

Sie sah ihn an, und in ihren Augen lag eine Entschlossenheit, die keine Zweifel zuließ. „Ich habe den Altar gebrochen. Und damit haben wir dem Rat den ersten Schlag versetzt."

Doch kaum waren die Worte ausgesprochen, öffnete sich die massive Tür hinter ihnen erneut, und eine Reihe von Schritten hallte durch den Raum. Eine Gruppe von Gestalten in schwarzen Roben trat ein, und ihre kalten Augen fixierten Eva und Adam mit tödlicher Kälte.

„Nun", sagte einer von ihnen, seine Stimme wie gefrorenes Metall. „Habt ihr wirklich geglaubt, der Rat würde es zulassen, dass ihr uns einfach herausfordert?"

Adam und Eva tauschten einen Blick, und eine stille Einigkeit lag zwischen ihnen – ein stummes Versprechen, dass sie diesen Kampf bis zum Ende führen würden, ganz gleich, was der Rat oder das Schicksal für sie bereithielt.

„Nicht herausfordern", sagte Adam kühl und trat vor, seine Augen funkelten vor Wut und Entschlossenheit. „Wir sind gekommen, um euch zu zerstören."

Die Ältesten musterten ihn, und ein gefährliches Lächeln verzog die Lippen des Anführers.

„Dann versucht es doch", sagte der Älteste und hob eine Hand, aus der eine schwarze Energie hervorbrach wie ein lebendiger Schatten, der auf Eva und Adam zuraste.

„Bereit?" flüsterte Eva, ihre Augen leuchteten mit einem unbändigen Feuer.

Adam nickte, sein Blick fest auf den Feind gerichtet. „Bereit, bis zum letzten Atemzug."

Und mit einem stummen Einverständnis stürzten sie sich in die Dunkelheit – bereit, sich einem Feind zu stellen, dessen Macht selbst die Nacht fürchtete.

Kapitel 20

Ein gewaltiger, kalter Schatten erfasste den Raum und hüllte ihn in eine Dunkelheit, die schwerer war als alles, was Adam und Eva je erlebt hatten. Die Ältesten, die in schwarzen Roben gehüllt vor ihnen standen, wirkten wie schattenhafte Monumente, die mit uralter Macht durchdrungen waren. Die Wände schienen unter der wabernden Energie zu vibrieren, und die Luft war erfüllt von einem seltsamen, metallischen Geruch – als ob selbst das Licht in dieser Dunkelheit verdampfen würde.

Adam spürte, wie ein Kribbeln die Haut seines Nackens durchlief, ein leises, unheilvolles Signal, dass sie sich in einem Kampf befanden, der sie an ihre Grenzen treiben würde. Er warf Eva einen kurzen Blick zu. In ihrem Gesicht lag dieselbe eiserne Entschlossenheit, dasselbe flammende Licht, das sie beide am Leben gehalten hatte, selbst als sie von ihrer eigenen Dunkelheit verschlungen zu werden drohten.

„Ihr seid also wirklich gekommen, um zu sterben," zischte einer der Ältesten mit einer Stimme, die sich wie Klingen in die Stille schnitt. Sein Gesicht blieb im Schatten verborgen, doch seine Augen funkelten in einem fiebrigen Glanz, als ob das bloße Morden ihn mit Leben erfüllte.

Eva hob ihr Kinn und sah ihm direkt in die Augen, ohne auch nur einen Hauch von Angst. „Vielleicht seid ihr es, die den Tod fürchten sollten. Jahrhunderte lang habt ihr eure Macht durch Furcht bewahrt, doch jetzt... jetzt haben wir den ersten Stein aus eurem Fundament gerissen."

Der Älteste lachte leise, und das Geräusch hallte wie ein bösartiges Echo von den Wänden wider. „Ihr versteht nichts, kleines Kind. Unsere Macht reicht weit über diesen Altar hinaus. Wir sind die Dunkelheit selbst, und ihr... seid nichts als flackernde Flammen, die wir mit einem Hauch auslöschen können."

„Das werden wir ja sehen," murmelte Adam und löste sich von Evas Seite, während sein Blick jede Bewegung der Ältesten durchbohrte. Mit einer geschmeidigen Bewegung zog er eine silberne Klinge hervor, die er fest in der Hand hielt. „Falls ihr glaubt, wir hätten uns ohne ein paar Tricks in der Tasche hierher gewagt, dann kennt ihr uns schlecht."

Eva zog ebenfalls eine schlanke Klinge, deren Klinge im unheimlichen Licht des Altars aufleuchtete. Die Waffe war mit alten Runen versehen, die Magnus selbst für sie vorbereitet hatte. „Erinnerst du dich an die Formel, Adam?", fragte sie leise.

Er nickte, seine Augen fest auf die drohenden Gestalten gerichtet. „Wird Zeit, dass wir ein bisschen Chaos verbreiten."

Und dann, ohne ein weiteres Wort, stürzten sich beide gleichzeitig auf die Ältesten. Die Luft schien zu beben, als Eva und Adam ihre Klingen in einer perfekt synchronisierten Bewegung schwangen. Die Ältesten waren schnell – zu schnell, beinahe übernatürlich, als ob sie die Zeit selbst kontrollieren könnten. Doch Eva und Adam hatten keine Wahl; sie mussten sich durchsetzen, ganz gleich, wie aussichtslos der Kampf schien.

Eva wich einem Schlag aus, der so kraftvoll war, dass er den Steinboden unter ihr zerschmetterte, und parierte im selben Atemzug die zweite Klinge, die auf sie zuraste. Die Ältesten bewegten sich wie Schatten, lautlos und ohne erkennbare Mühe, als ob sie nur spielten.

„Sie scheinen ja wirklich zu glauben, dass sie unsterblich sind," zischte Adam, während er einem der Ältesten auswich und dabei versuchte, ihm mit der Klinge eine Wunde zuzufügen. Doch der Mann wich seinem Hieb aus, als ob er die Bewegung vorhergesehen hätte.

„Ihr kämpft gegen die Nacht selbst," sagte ein anderer Ältester und hob die Hand, aus der eine schwarze, brennende Energie auf Eva zuflog. Sie sprang zur Seite und landete mit einer eleganten Drehung, doch die Hitze des Schlags brannte auf ihrer Haut, und sie spürte, wie ihre Kräfte schwanden.

Adam sah es und rief ihr zu: „Konzentrier dich, Eva! Wir müssen das Ritual vervollständigen, bevor sie uns auseinanderreißen!"

Eva nickte und zwang sich, die lähmende Kälte zu ignorieren, die sich langsam in ihr ausbreitete. Sie schloss die Augen und rief die Worte in Erinnerung, die Magnus ihr beigebracht hatte – die uralten Worte, die die Energie des Altars auf die Ältesten selbst zurückwerfen würden. Doch jeder Versuch, sich auf die Worte zu konzentrieren, wurde von dem hallenden Lachen der Ältesten unterbrochen, die immer näher kamen, ihre Bewegungen so präzise und gnadenlos wie die eines Raubtiers, das seine Beute umzingelt.

„Denkst du wirklich, dass ein paar uralte Worte uns aufhalten?" höhnte der Anführer der Ältesten, und seine Augen leuchteten auf wie das Feuer einer sterbenden Sonne. „Das hier ist unser Reich, unser Heiligtum. Du hast keine Ahnung, mit welchen Mächten du spielst."

„Vielleicht," murmelte Eva, und ein ironisches Lächeln huschte über ihr Gesicht, „aber ihr habt auch keine Ahnung, mit wem ihr es zu tun habt." Sie schloss die Augen, nahm einen tiefen Atemzug und begann das Ritual zu rezitieren. Die Worte strömten leise, aber voller Macht über ihre Lippen, und die Runen auf ihrer Klinge begannen, in einem unheimlichen, pulsierenden Licht zu glühen.

Adam erkannte, was sie tat, und begann ebenfalls die Formel zu murmeln, seine Stimme ergänzte Evas, und die beiden Stimmen vereinten sich in einem düsteren, uralten Gesang, der den Raum erfüllte und die Luft in eine bedrohliche Spannung tauchte.

Die Ältesten zögerten, und für einen kurzen Moment war ein Ausdruck von echter, ungefilterter Furcht in ihren Gesichtern zu sehen.

„Das ist unmöglich", murmelte einer von ihnen und trat einen Schritt zurück, seine Augen weiteten sich, als die Energie des Altars zu flackern begann. „Wie könnt ihr..."

Doch bevor er den Satz vollenden konnte, krachte die Energie des Altars in einer Explosion aus Licht und Schatten, und ein donnernder, ohrenbetäubender Schrei erfüllte den Raum. Die Ältesten wurden in das pulsierende Licht gezogen, ihre Schreie mischten sich mit dem lauten Beben der Mauern, die unter dem Druck der Energie zu zerbersten schienen.

Eva spürte, wie die Kälte sie fast zu ersticken drohte, doch sie hielt die Klinge fest in der Hand, ihre Stimme verstummte nicht, während sie die letzten Worte des Rituals aussprach. Adam stand neben ihr, seine Augen geschlossen, sein Gesicht voller Konzentration und Entschlossenheit. Gemeinsam hielten sie die Energie des Altars in Schach, während die Ältesten sich in einem Strudel aus Schatten und Licht aufzulösen schienen.

Mit einem letzten, gewaltigen Knall brach die Energie des Altars endgültig zusammen. Die Ältesten schrien ein letztes Mal auf, bevor ihre Gestalten im Nichts verschwanden und nur noch ein leises, unheilvolles Echo zurückließen.

Die Stille, die folgte, war so dicht und erdrückend, dass es Eva einen Moment lang den Atem raubte. Sie und Adam standen keuchend im Raum, umgeben von dem Schutt und den Überresten des Altars, und die Reste der dunklen Energie verpufften langsam in der Luft.

„Also ... das war's?" murmelte Adam schließlich und sah sich ungläubig um. „Wir haben sie tatsächlich zerstört?"

Eva nickte schwach und ließ die Klinge sinken, ihre Finger zitterten vor Erschöpfung. „Ja. Der Rat ist besiegt."

Sie sahen sich einen Moment lang an, beide noch im Bann dessen, was sie gerade erlebt hatten – und in diesem Blick lag ein unausgesprochenes Versprechen, eine stille Anerkennung all dessen, was sie füreinander und für diesen Kampf geopfert hatten.

Adam lächelte schwach und legte eine Hand auf ihre Schulter, sein Blick voller Wärme und Dunkelheit zugleich. „Dann haben wir es geschafft. Es ist vorbei."

Eva lächelte zurück, ein erschöpftes, aber echtes Lächeln. „Ja, es ist vorbei. Endlich frei."

Gemeinsam verließen sie die Katakomben, die Schatten ihrer Feinde verblassten hinter ihnen, und mit jedem Schritt spürten sie, dass sie nicht nur die Ältesten, sondern auch ihre eigenen Dämonen besiegt hatten.

Epilog

Als Eva und Adam die Katakomben verließen, schien die Welt sich verändert zu haben. Die ersten Sonnenstrahlen fielen über Rom, die Stadt erwachte, und das Licht, das sie umhüllte, war so hell, dass es fast schmerzhaft auf ihrer Haut brannte. Doch es war ein Schmerz, der sie beide daran erinnerte, dass sie noch lebten – dass sie tatsächlich gesiegt hatten.

Adam blieb einen Moment stehen und sah zurück in die Dunkelheit der Katakomben, aus denen sie gerade entkommen waren. Seine Schultern sanken, als würde das Gewicht von Jahrhunderten endlich von ihm abfallen. „Eva ... ist dir bewusst, dass wir die Welt gerade für immer verändert haben?"

Eva schloss die Augen und atmete die frische Morgenluft ein, als könnte sie die Freiheit, die ihnen nun endlich gehörte, in sich aufnehmen. „Ja", flüsterte sie. „Und die Freiheit fühlt sich ... anders an, als ich erwartet habe."

Adam lächelte schief. „Was hast du erwartet? Trompeten und einen Empfang mit rotem Teppich?" Er schüttelte den Kopf und ließ einen leisen, amüsierten Seufzer hören. „Du solltest wissen, dass das hier nur die Welt der Schatten betrifft. Der Rest der Welt ... hat keine Ahnung, was heute Nacht passiert ist."

Eva warf ihm einen vielsagenden Blick zu, ihre Augen blitzten vor Ironie. „Vielleicht ist es besser so. Die Welt ist nicht bereit für das, was wir herausgefordert haben – und besiegt." Sie hielt inne, und ihre Stimme wurde sanfter. „Aber wir wissen es. Und vielleicht ist das das Einzige, was zählt."

Sie gingen langsam weiter, durch die leeren Straßen von Rom, die nun in ein goldenes Licht getaucht waren. Ein seltsames Schweigen lag über der Stadt, als ob selbst die Zeit innegehalten hatte, um diesen Moment festzuhalten.

„Was jetzt?" fragte Adam schließlich, seine Stimme leise, aber fest. „Wir haben alles, was uns je bedroht hat, besiegt. Wir haben keine Feinde mehr – keine Ketten, die uns halten. Was machen wir mit dieser ... Freiheit?"

Eva blieb stehen und sah ihn an, ihre Augen suchten seine, als ob sie in ihnen die Antwort finden wollte. „Ich weiß es nicht", flüsterte sie, und ein unerwarteter Anflug von Unsicherheit spiegelte sich in ihrem Gesicht. „Vielleicht ... vielleicht lernen wir, was es bedeutet, wirklich zu leben, Adam. Ohne den ewigen Schatten eines Feindes im Nacken."

Er betrachtete sie lange, und in seinem Blick lag eine ungewohnte Zärtlichkeit. „Eva, meinst du ... dass wir es können? Dass wir ..." Er stockte und schüttelte dann kaum merklich den Kopf. „Wir haben so viel verloren, sind so viel geworden, was wir nie sein wollten. Aber vielleicht ... vielleicht könnten wir es versuchen."

Eva trat einen Schritt näher an ihn heran, bis sie so nah bei ihm stand, dass sie seinen Atem auf ihrer Haut spüren konnte. „Wir haben eine neue Welt vor uns, Adam. Eine Welt, in der wir nicht mehr nur überleben müssen, sondern in der wir wählen können, wie wir leben wollen."

Sein Blick wurde weicher, und er hob langsam eine Hand, ließ seine Finger sanft über ihre Wange gleiten. „Dann wählen wir das Leben, Eva. Ein Leben ohne das Gift, das uns beide zerstört hat. Ohne Lügen, ohne Masken. Nur ... wir."

Sie nickte, ihre Augen leuchteten, und ein kleines Lächeln umspielte ihre Lippen. „Ja. Ein Leben, das wir selbst erschaffen. Frei von den Schatten."

In diesem Moment schien die Vergangenheit in der Ferne zu verblassen, die Dämonen, die sie so lange verfolgt hatten, lösten sich auf wie ein böser Traum, der endlich zu Ende ging.

Adam legte seine Arme um sie, und sie lehnte sich an ihn, spürte die Ruhe und die Kraft, die sie beide durch die Dunkelheit getragen hatte. Für einen kurzen Augenblick war die Welt still – keine Pläne, keine Kämpfe, keine Masken. Nur sie beide, vereint in einem Moment voller Frieden und Hoffnung.

Doch plötzlich, inmitten dieser Stille, vernahm Eva ein leises Geräusch hinter ihnen, das wie ein leises Klatschen klang. Sie erstarrte und drehte sich langsam um, ihre Augen schmalen sich zu, als sie die Gestalt erkannte, die in einem dunklen Mantel im Schatten einer der alten römischen Säulen stand.

Es war **Lucien**.

Er grinste breit, und sein Gesicht war eine Maske aus höhnischer Belustigung und spöttischer Bewunderung. „Nun, nun. Ich habe euch schon einige große Taten zugetraut, aber das hier ... das übertrifft selbst meine kühnsten Erwartungen."

Adam löste sich von Eva, seine Augen glühten kalt und gefährlich. „Lucien", zischte er, und seine Hände ballten sich zu Fäusten. „Was willst du hier?"

Lucien zuckte lässig mit den Schultern, als wäre er nur zufällig vorbeigekommen. „Ich wollte nur sehen, wie das größte Duell unserer Welt endet. Ihr habt wirklich das Unmögliche geschafft." Er klatschte erneut in die Hände, sein Applaus leise und spöttisch. „Bravo."

Eva verschränkte die Arme vor der Brust und sah ihn mit eisiger Kälte an. „Wenn du gekommen bist, um uns zu gratulieren, Lucien, dann spar dir die Mühe. Wir haben nichts mehr, was du uns nehmen kannst."

Lucien lachte, und ein seltsames Funkeln trat in seine Augen. „Oh, meine Liebe, das würde ich nicht sagen. Es gibt immer etwas, das man nehmen kann. Macht. Freiheit. Die Illusion von Sicherheit." Er trat einen Schritt näher und musterte sie beide wie ein Raubtier, das seine Beute fixiert. „Ihr habt den Rat vernichtet, das ist wahr. Aber das bedeutet nur, dass ein neues Machtvakuum entstanden ist. Und wer wäre besser geeignet, dieses zu füllen, als ich?"

Adam stieß ein schnaubendes Lachen aus, seine Stimme triefte vor Sarkasmus. „Du? Meinst du wirklich, irgendjemand würde dich als Anführer akzeptieren, Lucien? Du bist nichts als ein Parasit, der sich von anderen ernährt. Ohne den Rat bist du bedeutungslos."

Lucien hob die Hände in einer gespielten Geste der Kapitulation, doch sein Blick blieb wachsam und berechnend. „Vielleicht. Aber ihr beide ... ihr werdet nie wirklich frei sein, solange ich noch da bin. Also sage ich euch das: Überlasst mir die Überreste der Macht, und ich lasse euch euer kleines Märchen in Frieden leben. Wir sind beide die letzten Überlebenden unserer Art – ich finde, wir sollten einander diesen Respekt gewähren."

Eva lachte leise und trat einen Schritt vor, ihr Blick eiskalt und scharf wie ein Messer. „Lucien, wir haben nicht Jahrhunderte überlebt, um dir unsere Freiheit zu verkaufen. Wenn du wirklich glaubst, dass du an unsere Stelle treten kannst, dann irrst du dich."

Lucien erwiderte ihren Blick und seine Miene verfinsterte sich. „Ihr habt den Rat besiegt, aber ihr habt einen neuen Feind geschaffen – mich. Das war euer erster und letzter Fehler, meine Lieben."

Eva und Adam tauschten einen Blick, ein unausgesprochenes Einverständnis lag zwischen ihnen, das stärker war als jedes Versprechen.

„Dann sei es so," sagte Adam leise, seine Stimme war ein Versprechen von Dunkelheit und Stärke. „Wenn das hier der finale Kampf ist, dann ist das der Weg, wie es enden soll."

Lucien lachte, ein leises, giftiges Lachen, das in der Morgenluft widerhallte. „Na gut. Dann lasst uns dieses letzte Kapitel zu Ende schreiben."

Und so, inmitten der erwachenden Stadt Rom, standen sie einander gegenüber – die letzten Überlebenden eines uralten Krieges. Sie wussten, dass dies der letzte Kampf sein würde, dass einer von ihnen diesen Ort als Sieger verlassen würde – und dass keiner zurückblicken würde.

Die Sonne ging über ihnen auf, doch in diesem Augenblick, im Schatten der alten Mauern, begann der letzte Tanz der Dunkelheit.

Die Spannung lag wie ein schwerer Schleier über der Szene, als die ersten Strahlen der Morgensonne über die Mauern Roms krochen und einen schwachen Lichtschimmer auf die drei Gestalten warfen, die sich in einer unheiligen Stille gegenüberstanden. Lucien, seine Augen kalt und berechnend, ein spöttisches Lächeln auf den Lippen, wartete wie ein Raubtier darauf, dass Eva oder Adam den ersten Fehler machten. Doch diesmal würden sie ihm nicht den Gefallen tun.

Adam trat einen Schritt vor, die Sonne fing sich in seinen Augen, und die Entschlossenheit in seinem Blick war so fest wie ein eisernes Versprechen. „Lucien", sagte er leise, seine Stimme wie ein ferner Donner, „du hast uns hintergangen, du hast dich von unseren Feinden genährt – und du denkst, dass wir dich das einfach vergessen lassen? Du bist am Ende. Wir haben den Rat vernichtet; du bist nichts weiter als ein Überbleibsel der alten Ordnung."

Lucien verzog die Lippen zu einem hämischen Grinsen. „Am Ende? Ihr habt keine Ahnung, was Ende wirklich bedeutet." Er ließ den Blick über Eva und Adam schweifen, und ein Funke dunkler Freude blitzte in seinen Augen auf. „Wisst ihr, warum ich noch hier bin? Weil ich bereit bin, die Dinge zu tun, die ihr niemals tun würdet. Das ist der Unterschied zwischen uns."

Eva lächelte kalt, ihre Stimme war ein leises, aber tödliches Flüstern. „Oh, Lucien, das ist dein Irrtum. Du kennst uns nicht so gut, wie du denkst."

Ohne ein weiteres Wort begann Lucien sich zu bewegen – blitzschnell und lautlos, wie eine Schlange, die auf ihre Beute zuschoss. Doch Adam hatte ihn erwartet. Mit einer fließenden, kraftvollen Bewegung warf er sich ihm entgegen und blockierte seinen Angriff, ihre Klingen kreuzten sich in einem Funkenregen, der den stillen Morgen durchbrach.

„Du solltest das besser wissen, Lucien," zischte Adam, seine Stimme gefährlich ruhig, während ihre Schwerter einander mit voller Wucht trafen. „Wir sind nicht mehr die gleichen, die wir waren, als du uns das erste Mal betrogen hast."

Lucien lachte, doch es klang heiser, gepresst. „Ihr beiden könnt kämpfen, so viel ihr wollt. Am Ende bleibt ihr dennoch nichts weiter als verlorene Seelen, die sich verzweifelt aneinander klammern." Er stieß Adam zurück und wirbelte zu Eva herum, die mit einer Geschwindigkeit, die selbst für Lucien überraschend war, auf ihn losstürmte.

Ihre Bewegungen waren präzise und gnadenlos, und Lucien war gezwungen, zurückzuweichen. Doch in seinen Augen flackerte ein gefährlicher Glanz, als ob er in jedem Schritt ein perfides Vergnügen fand. „Eva", murmelte er, und seine Stimme war ein ölglatter Hauch. „Selbst wenn du mich besiegst, wird es euch beiden nichts bringen. Ihr werdet immer aneinandergekettet bleiben, an all das, was ihr verloren habt, und an das, was euch in den Schatten gebracht hat."

„Genug geredet!" Evas Stimme zischte durch die Luft, und mit einem geschmeidigen Schwung ihrer Klinge trieb sie ihn noch weiter zurück. Doch sie spürte auch, wie tief Luciens Worte sie trafen – eine Erinnerung an die Dunkelheit, die so lange ihr Leben bestimmt hatte.

Adam bemerkte ihren kurzen Zögern und trat an ihre Seite, ein dunkles, ruhiges Feuer in seinem Blick. „Lucien, deine Worte bedeuten uns nichts. Du glaubst, dass du uns unsere Dämonen vor Augen führen kannst? Wir haben unsere Dämonen längst akzeptiert – und wir lassen sie hinter uns."

Lucien wich zurück, seine Augen weiteten sich in ungläubiger Wut. „Ihr zwei ... ihr zwei könnt mich nicht besiegen. Ihr könnt den Rat auslöschen, doch mich... mich werdet ihr niemals vollständig zerstören." Er lachte, ein kaltes, verzweifeltes Lachen, das die Morgenluft zerschnitt. „Ich bin der Schatten, der euch immer verfolgen wird. Selbst wenn ihr glaubt, gewonnen zu haben, werde ich immer in eurer Nähe lauern."

Eva schüttelte den Kopf, ein Hauch von Mitleid mischte sich in ihren Blick. „Das ist der Unterschied zwischen uns, Lucien. Du hast nie verstanden, dass wahre Macht nicht darin liegt, andere zu kontrollieren – sondern darin, sich selbst zu befreien." Sie hob die Klinge und trat einen Schritt auf ihn zu, bereit, dieses Kapitel endgültig zu beenden.

Doch Lucien, selbst jetzt noch mit dem Rücken zur Wand, ließ nicht nach. Er schloss die Augen, murmelte leise eine alte Formel, und plötzlich erfüllte eine dunkle Energie die Luft, die sich wie eine schwere Decke über den Ort legte. „Wenn ich untergehe," murmelte er, „dann nehme ich euch mit."

Adam und Eva spürten die kühle, bösartige Energie, die sich um sie legte, doch statt Furcht regte sich etwas anderes in ihnen – eine tiefe, unerschütterliche Entschlossenheit.

„Lucien," sagte Adam leise, und in seiner Stimme lag eine sanfte Traurigkeit, die selbst Eva überraschte. „Du hast nichts mehr. Keine Verbündeten, keine Loyalität – nicht einmal dein eigener Schatten steht noch zu dir. Dies ist dein Ende."

Lucien starrte ihn an, und ein Ausdruck des Schmerzes huschte über sein Gesicht. Für einen kurzen Moment war der kalte, unbarmherzige Vampir verschwunden, und an seiner Stelle stand nur ein Mann, der auf seine Niederlage starrte, unfähig, sich ihr zu entziehen.

Doch es war nur ein Moment – dann sprang Lucien mit einem letzten, verzweifelten Aufschrei vor, und Adam und Eva reagierten wie eins. Ihre Klingen trafen ihn gleichzeitig, durchbohrten seine Verteidigung, und mit einem entsetzlichen, hallenden Schrei brach Lucien zusammen, seine Gestalt zerfiel zu Staub, der vom Morgenwind fortgetragen wurde.

Eine unheimliche Stille legte sich über den Ort. Eva und Adam standen einen Moment lang reglos da, unfähig, wirklich zu begreifen, dass es vorbei war. Die letzten Schatten waren verbannt, die letzten Ketten zerbrochen.

„Es ... ist wirklich vorbei," murmelte Eva und sah zu Adam, in ihren Augen lag eine Mischung aus Erleichterung und einem Hauch von Traurigkeit. „All das, wogegen wir gekämpft haben – es ist vorbei."

Adam trat an sie heran, seine Hand ruhte auf ihrer Schulter, und ein leises Lächeln umspielte seine Lippen. „Ja. Endlich wirklich vorbei." Er sah sie an, und seine Augen leuchteten in einem sanften, warmen Licht, das sie so noch nie bei ihm gesehen hatte. „Also ... was nun?"

Eva sah zu ihm auf, und ein ehrliches, freies Lächeln breitete sich auf ihrem Gesicht aus. „Vielleicht fangen wir einfach an zu leben, Adam. Ohne Schatten, ohne Kampf."

Adam zog sie sanft an sich, seine Stirn lehnte sich an ihre, und in diesem Augenblick gab es nichts mehr zwischen ihnen als das Gefühl von Frieden. Die Sonne war inzwischen vollständig aufgegangen, und ihr goldenes Licht fiel warm und verheißungsvoll auf sie herab.

Hand in Hand verließen sie die Gassen Roms und traten hinaus in eine Welt, die sich endlich vor ihnen öffnete – eine Welt ohne Fesseln, ohne Geheimnisse. Eine Welt, in der sie entscheiden konnten, wer sie waren und wer sie werden wollten.

Dies war ihr Anfang, frei von allem, was sie je festgehalten hatte.

Don't miss out!

Visit the website below and you can sign up to receive emails whenever Helena Falk publishes a new book. There's no charge and no obligation.

https://books2read.com/r/B-A-AQDSC-DGUFF

BOOKS 2 READ

Connecting independent readers to independent writers.

About the Author

Helena Falk ist eine deutsche Autorin und Expertin für Urban-Fantasy und düstere Romantik. Schon in ihrer Kindheit interessierte sie sich für Geschichten über alte Geheimnisse und das Übernatürliche, was sie dazu inspirierte, ihre eigenen fantastischen Welten zu erschaffen. Ihre Romane sind für ihre tiefen Charakterentwicklungen, komplexen Beziehungen und überraschenden Wendungen bekannt. Neben dem Schreiben liebt sie es, historische Städte und ihre Geheimnisse zu erkunden, was ihr oft die perfekte Inspiration für neue Geschichten liefert.

Milton Keynes UK
Ingram Content Group UK Ltd.
UKHW030747121124
451094UK00013B/892

9 798227 481597